KB143472

기억하라,
소녀들을
기억하라

-일본군 위안부 피해자 강일출 할머니의 일생

이 도서는

한국출판문화산업진흥원의 '2021년 출판콘텐츠 창작 지원 사업' 의

일환으로 국민체육진흥기금을 지원받아 제작되었습니다

고창근 서사시집
기억하라, 소녀들을 기억하라
－일본군 위안부 피해자 강일출 할머니 일생

2021년 09월 27일 발행
2021년 10월 01일 1쇄 펴냄

지은이－고창근
펴낸이－고창근
펴낸곳－ 문학마실
출판신고번호－제 511－2013－000002 호
주소－경북 상주시 구두실길16－1(인평동)
전화－ 010－9870－0421
전자우편－sgamm@hanmail.net

ⓒ 고창근, 2021
ISBN 979－11－89480－02－8 (03810)

－ －

값 10,000원

* 인지는 저자와의 협의에 의하여 생략합니다.
* 잘못된 책은 바꾸어 드립니다.

표지 그림: 태워지는 처녀들
          － 강일출 할머니께서 직접 그리신 그림
출처: 나눔의 집 · 일본군'위안부'역사관

문학마실시선004

기억하라, 소녀들을 기억하라

−일본군 위안부 피해자 강일출 할머니 일생

고창근 서사 시집

문학마실

自序

가난한
소녀들만 끌려갔다

아니다

가난한 사람들만,
끌려갔다

끌려간 이후
사람이 아니었다

그네들을 기억해야 할
이유다

2021년 가을 주막듬에서
고창근

차 례

서(序)

내 이름은
강, 일, 출,
강일출입니다.

이름을 밝히는데
수십 년이,
걸렸습니다.

증언을 할 때마다
가명을 썼고,
내가 아닌
허깨비가 된 느낌이었습니다.

잠을 자도 허깨비가 자고
밥을 먹어도 허깨비가 먹고
똥을 누어도 허깨비가 눈
느낌이었습니다.

길을 걸을 때도 허깨비가 걸었습니다.
누군가 말을 붙이면 허깨비가 대답했습니다.
말을 할 때도 허깨비가 했습니다.

그러다,
하도 답답하여 물어보았습니다.
넌 누구냐?

허깨비가 대답하였습니다.
강일출이다.

어이가 없어
내가 강일출인데
니가 어떻게 강일출이냐,
화를 발끈,
냈습니다.

싸웠습니다.
허깨비와 밤낮없이
싸웠습니다.

이제,
이름을 밝히니,
새로 태어난 기분입니다.
허깨비로 살지 않으니
다시,
태어났습니다.

내 몸을 능욕한 황군들을
기억합니다.

기억해야
합니다.

기억,
하지 않으면
또다시 능욕당할,
것이기
때문입니다.

내가 태어나고
군위안소로 끌려가고

인간이 아닌 짐승으로 살았던,
것을

조국이 해방됐어도
돌아오지 못하고 타국에서 속절없이
야만 생활을 한,
것을

마침내 나눔의 집 도움으로
영구 귀국하여 허깨비가 아닌
나로 살아간,
것을

차근차근
얘기하고자 합니다.

또한,
내가 본,
것을

들은,

것을

인간이 아닌 짐승으로 살아간
수많은 조선의 소녀들을
얘기하려고 합니다.

그건,
기억하기 위해서입니다.

늙으면 귀신과 친하게 되는가
꿈속에서 귀신이 된
수많은 소녀들을 만납니다.

아직 늙지 않고
능욕당한 채 그대로
귀신이
된,
수 많은 소녀들을 만납니다.

그 소녀들을
기억해야 합니다.

또한,

내 몸을 짓밟은 흉포한 황군을 기억함이요

황군을 그렇게 만든 일본 왕을 기억함이요

그 왕의 신하들에

동조

묵인

방관했던,

자신의 자식들은 한 명도

징용 징병 위안부로 보내지 않은

친일부역자들을

기억하기 위해서입니다.

그을린 가슴,

기억하기 위해

이제,

말을 하고자 합니다.

1부

일본 제국주의여, 괴물이여

1.

곶감이 많이 나는 고장
조선시대 곶감을 임금께 진상했다는
곶감 고을,
상주.

열두 남매의 막내
마을 사람들은 나를
곶감집 막내딸이라 불렀지요.

감나무도 많고 곶감 많았어요.
달고 단 곶감.

경상북도 상주읍 화동면 어산리
지금도
기억하고 있어요.
우리 집 주소.

언제든 달려갈 준비를 하며
지금껏 살아왔지요.

아버지의 수염이 길어
잡아당기면
아야, 하시며 아버지는
무서운 얼굴로 따라오시고
도망가다 붙잡히면 아버지는
나를 번쩍 안아 하늘 높이 올렸습니다.

장가가서 나보다 나이 많은
아들을 둔 오빠 둘은
어디 갔다 올 적에 조카들 것은
안 사오더라도
제 것은 꼭 사 왔습니다.

산 넘어 학교에 갈 때는
언니들이 번갈아 업어주어 소학교 동창이
"아이고, 어리광쟁이야 커서도 언니 등에 업혀 어리광부리
나."
하며 놀렸습니다.

자다 깨어나면 머리맡에

하얗게 분이 난 곶감이
놓여 있었습니다.

그렇게 환한 나날 속에서
천방지축 뛰어놀았지만
아버지의 눈동자에서
엄마의 숨소리에서 불길,
한 느낌을 받았습니다.

날이 갈수록 밥은
하루 한 끼 먹기 어려웠고
희멀건 나물죽이 나와 울면서
안 먹겠다고 떼를 쓰기도 했습니다.

엄마 엄마,
배고파.
어린 나는 엄마의 젖가슴으로
파고 들었습니다.

2.

내선일체 완성의 촉진
국민 총훈련
교육제도 전면 개정
지원병 제도의 제정
창씨 개명

일본 제국주의는
민족의식을 말살하고
조선인을 황민으로 만들어
전시동원체제에 협력하게 만들었지요.

중일 전쟁이 일어나고 전선이 넓어지면서
쌀이란 쌀은 모조리 빼앗겼습니다.
놋그릇 숟가락은 총과 총알을
만든다고 모조리
빼앗겼습니다.

엄청난 세금과 공출제도의 강화
인적 물적 수탈의 확대로
굶주리다 못해 화전민에다 걸식, 유랑하는
가족들이 속출했습니다.

하지만 신기하게도,

그 와중에 부자는

더 큰 부자가 되었으니,

굶주림에 논을 내놓았던 사람은

소작인으로 전락했고

지주들은 싸게 거저 가져가

논은 자꾸 불어나니

대지주들이 되었습니다.

사람들은 일본으로 만주로

돈 벌러 떠나고

마을엔 흉물스러운 빈집이

창백한 달빛 받으며 스러져 갔습니다.

마침내 징병제가 도입되어

남자들 하나 둘 끌려갔고

여자들은 근로보국대에 강제로 가입되어

징용 간 남자들을 대신해

농사를 지어야 했습니다.

마을 오빠들과 언니들은
점점 보이지 않았습니다.
누구 집 아들 끌려갔다더라
누구 집 딸이 없어졌다더라
쿨렁쿨렁 시커먼
소문이 쏟아졌습니다.

집앞 그림자만 얼씬거려도
언니들과 놀다가
마루 밑으로
짚단 속으로 숨기에
바빴습니다.

밤마다 서늘한 기운에
엄마 젖을 만지며 칭얼거렸고
잠을 설쳤습니다.

큰오빠는 징용 갈까 숨어다녔고
작은오빠는 징병 피해
일본으로 도망쳤습니다.

이장의 독사 같은 눈초리
칼 찬 순사의 작두날 같은 눈길이
집 구석구석
스며들었습니다.

일본에게 조선인은
인간이 아니었습니다. 오직,
전쟁물자에 불과했습니다.

무능한 왕조가 무너진 지 오래
새로운 권력을 움켜쥐려는 사악한 무리들이
일본 왕의 충견이 되었고
충견 밑에 또 충견이 모여들고
충견들은 또 다른
충견들을 거느렸습니다.

일본인보다
조선인이 더
무섭다던
출렁이는 시절이었습니다.

주눅이 들어
아버지의 수염도 못 만지고
엄마는 잠자리에 든
자식들 숫자를 세고 나서야
잠자리에 들 수 있었습니다.

매일매일,
불안한 기운에 지쳐
엄마 무릎 베고 잠이 들 무렵이면
아버지의 두려움 찬 목소리와
엄마의 한숨에 나도 모르게 한기가 들어
오싹했습니다.

3.

그 와중에도
아랫마을의 64칸 기와집
할아버지가 경주 부윤을 지냈다는 집
날마다 일본 순사 드나들고
분홍빛 한복 입은 기생들
수시로 들어가는 집.

그 집 딸 소학교 같은 학년
하지만 말도 붙인 적 없어
어쩌다 가까이 있으면 슬그머니 피하는,

일본인 담임 선생님은 예쁘다고
일본인 교장 선생님은
머리를 쓰다듬으며 착하다고 하는,

나와는
다른 사람
입는 것도
먹는 것도
걷는 것도 우아하게
미소도 아름답게
달나라에서 온
선녀.

징용에 징병 처녀공출 소문 난무해도
그 집 남매
깔깔 웃으며

학교 다니고.

며칠 학교에 안 보인다 했더니
둘 다 일본에 유학갔다는
비루한 소문
검은 교복 입고
공부 많이 해
훌륭한 사람 되어
돌아온다고.

징병 피해 우리 오빠도 일본 갔는데
돈 많이 벌어 송아지 사온다 했는데
했는데,
자꾸만 오빠가 불쌍해졌습니다.

4.

원래 공창제가 확립되었던 일본은
해외로 진출할 때
매춘업을 하는 유곽이
거머리처럼 따라붙었습니다.

임진왜란 때도
갑오년 동학농민혁명 때도
일본군들은 나무에 치마만 둘러도
발정난 수케마냥 마구 달려들었으니
원래,
일본은 개만도 못한
짐승의 나라였습니다.

일본 왕이
군위안부를 만든 이유는
점령지 일본군의 현지 여성의 강간을 막아
치안을 유지함이요
성병으로부터 안전한 여성을 제공해
황군의 성병 감염을 예방하기 위해서라고.

일본의 전쟁 광분으로
수많은 군인들을 전쟁터에 몰아놓고
많은 문제가 생기자 대책을 강구한 것이
군위안부 제도였으니
현지 여성과 식민지 대만 필리핀 조선 여성들이

대거 동원될 수밖에
없었습니다.

하루하루 죽음을 목전에 둔 전쟁이 계속되자
황군들은 인간성이 파괴되고
사기가 떨어지고
전투력이 약화되고
내부의 불만이 커져갔으니,
강간이 성행하여
현지인들의 일본에 대한 악감정이 커지자
현실적 필요에서 일본은
군위안부 제도를 창안하였습니다.

상해 파견군 오카무라 중장은 나가사키현 지사에게
군위안부를 보내달라고 요청했으며
위안부가 온 후로 지역민 강간이 없어져
기뻐했다고
기뻐서 웃더라고,
시뻘겋게.

군위안부 모집을 군에서 통제하고

모집하는 사람을 군에서 선정했으며
헌병 및 경찰 당국이 조직적으로 협력하도록
흉포한 왕의 명이 하달되었습니다.

2부

짐승처럼 끌려갔습니다.

5.

무섭고
떨리고
내 몸이 내 것이
아닌 것 같았습니다.

그렇게
끌려갔습니다,
열여섯 살에.

이미
이장이 처녀공출한다고
소문이 다 난 상태였지요.

처음엔 엄마 친구집에 가서
숨었지요.
언니들과도 뿔뿔이
흩어졌습니다.

근데,

난 막내라 맨날 엄마 품에 안겨
잠을 잤는데
젖도 만지며 잤는데,
못 살 거 같았습니다.
엄마가 보고 싶고
무섭고
환장하겠습니다.

내가 울고불고 하니까
엄마 친구가 집으로 연락했습니다.
집으로 오란다고
난 그 소리를 듣자마자
집으로 달려갔습니다.
하지만 엄마도 아버지도
보이지 않았습니다.
큰조카만 집에 있었지요.

그래도
집에 오니 얼마나 좋던지
마루에 앉았다가
방에 들어가 엄마 아버지

냄새 맡으며 드러누웠다가
마당에 나와 큰조카와 작은돌을
가지고 놀았습니다.

말갛게 내리쬐는 햇빛이
얼굴에 내려앉는 느낌이 안온했습니다.
세상에 부러울 것이
없었습니다.

근데,
등에 꽂히는 날카로운 칼날
하나.

섬뜩하여
뒤돌아보니
칼 찬 순사와
누런 옷 입은 군인과 이장이
긴 그림자를 드리우고 있었습니다.

아마도
오줌을 찔끔,

지렸나봅니다.

칼 찬 사람만 보면 가슴이 벌렁벌렁거리고
몸이 덜덜 떨리는데,
숨어야 한다는 생각도 들지 않고
숨은 막히고
아,
그놈의 햇빛은 왜 그리
하얗던지.

순사와 군인이 내 양 팔을 잡고
끌고 갔습니다.
큰조카가 달려들어 말렸지만
군인의 미루나무 만한 팔뚝에
나가떨어졌습니다.
이장이 종이 한 장을 큰조카의
얼굴에 던졌습니다.
영장.

걱정 말거래이
베 짜는데 가면

돈도 많이 벌 수 있단다.

따라가지 않으려고 발버둥치는 나에게
이장은 온화한 미소,
를 띠며 말했습니다.

나는 그게 무슨 말인지도 모르고
울부짖으며 난리를 쳤지만
무쇠보다 더 강한 완력에
끌려갔습니다.
열여섯 살,
1943년.

짐차에 실려 상주 읍내를 거쳐 김천으로 끌려갔습니다.
나뿐만이 아니었습니다.
내 또래나 좀 나이 많은 소녀들이
어디가 아픈지 드러눕거나
앉아 있었습니다.
아니,
무섭고
놀래서 그런지 모르겠습니다.

김천에서 기차를 타기 위해 짐차에서 내렸습니다.
나는 남자들 눈을 피해
냅다 달렸습니다.
어릴 적에 오빠들과 달리기를 많이 했기에
잘 달렸습니다.
하지만,
지리도 모르는 김천에서
나이 어린 나는 곧,
잡혔습니다.

호랑이처럼 무서운 얼굴로
절구통 만한 주먹으로 내 머리를
심하게 쳤습니다.
쓰러졌다가 일어서면 또다시
주먹으로 때렸습니다.

기차 역시 짐을 싣는 칸에
물건처럼,
실렸습니다.

하루종일
며칠을 달렸고
밥은 무와 같이 주었습니다.
두려움으로
하얀 공포로
목구멍으로 넘어가지 않았습니다.
배가 고프지도 않았습니다.
느낄 수가 없었지요.

끌려가는 우리 소녀들은 서로 쳐다보며
울기만 했습니다.

얼마나 갔을까요
정신을 차리고 보니
쏼라쏼라,
중국말이 들려왔습니다.

북한 신의주를 지나 안동을
중국 장춘에 도착했습니다.
거기서 스무날을 잤습니다.

6.

그런 와중에도
천국처럼 지내는 사람들이 있었습니다.

"오후에 영희와 정선, 태웅을 데리고 동물원에 갔다. 소풍삼아
아이들에게 신선한 공기를 쏘여주기 위해서다. 하지만 얼추 2
시 30분부터 비가 오기 시작했다. 정선은 조랑말 타기를 즐겼
다."

"오늘 오후에도 영희와 정선, 태웅을 데리고 동물원에 또 갔
다. 아이들이 소풍놀이를 즐거워하는 것 같다. 4시 30분쯤 집
에 돌아왔다."

내가 끌려간 그 날,
어느 높고 높은
어른의 일기에 적힌 글입니다.

그들은 그렇게,
살고 있었고
우리 가난한 소년들은 징병당해 총알받이로

정쟁터에 끌려갔습니다.
가난한 소녀들은
황군을 위안하라고
군위안소로 짐승처럼 끌려갔습니다.

높고 높은 어른들은
조선의 지도자급이라고 일컫는
그들은
금비녀 뽑아 일본 왕에게 바치고
전투기 사서 일본 왕에게 바쳤습니다.

일반 여성이나 소녀들에게 촉구했습니다.
어머니나 딸, 동생으로서
징병 징용 학병 위안부 동원에 협조하라고,
촉구했습니다.

이제야 기다리고 기다리던 징병제라는 커다란 감격이 왔다 …
이제 우리도 국민으로서의 최대 책임을 다할 기회가 왔고,
그 책임을 다함으로써 진정한 황국신민으로서의
영광을 누리게 된 것이다. 생각하면 얼마나 황송한 일인지 알
수 없다.

신문 방송 강연을 통해
일제의 앞잡이로서
내선일체
황국신민화 정책을 선전하고
우리 오빠 언니 친구들을 징병 징용 위안부로 내보내는데
앞장섰습니다.

어느 시인은 이렇게
시퍼렇게 노래했습니다.

님의 부르심을 받고서

남아라면 군복에 총을 메고
나라 위해 전장에 나감이 소원이리니
이 영광의 날 …

어느 소설가도
일본 왕을 숭배했습니다.

몸에 가득 아침 하늘 햇볕을 받아

공손하게 가지런히 허리 굽혀서
우리 임금 천황폐하 계신 곳을
마음 모아 정성 모아 요배 드리세.

우리의 오빠들이 전쟁터에서
총알받이로 죽어갈 때
우리의 소녀들이 사람이 아닌 짐승으로
황군의 정액받이로 탈진했을 때
그들은
그렇게 노래했습니다.

어느 높고 높으신 어른은
전쟁에 참여하라고 입에
게거품을 물었습니다.

조선의 소녀 소년들은 그들의 핏발선 호소에,
일본 왕의 명에 따라 강제로
징용으로
징병으로
학병으로
위안부로

끌려갔습니다.

아들과 딸과
손자와 손녀와
평일 오후 동물원에 놀러 간 그 높고 높으신
어른의 피눈물 나는 호소에,

오빠들은 징용 징병으로
학병으로
친구와 언니들은 근로정신대로
위안부로 끌려갔습니다.

그렇게,
부모 형제와 영영 이별 영이별,
생이별했습니다.

7.

일왕의 명으로,
근로정신제도가 군위안부 동원의
방편으로 사용되어,

여학생만 다녔던 인천 한 초등학교에서는
6학년 8명이 정신대로 끌려갔으며
대구 한 초등학교에서도
6학년 여학생 6명이 졸업 후
정신대로 끌려갔습니다.

근로정신대로 일하던 한 소녀는
힘든 노동을 견디지 못해 도망가다가
붙잡혀
군위안소로 끌려갔습니다.

처녀공출,
여자 근로정신대의 활용이라는 명목으로
알선 장려라는 형태로
소녀들을
공출했습니다.

한 소녀는
지주의 딸을 대신하여
군위안소로 끌려왔습니다.

소작이 끊기면 가족이
굶어죽기 때문입니다.

가난한,
가난한 조선의 소녀들이
끌려간 것입니다.

대부분,
학교를 다닌 적이 없고
다녔더라고 소학교에서 겨우
한글을 깨쳤습니다.

취직을 시켜준다는 새빨간
거짓말에 속아 소녀들은
일본 군인 순사를
따라갔습니다.

여자는 시집가면 남의 식구
가족들 풀칠하기도 힘든 세상,
할아버지의
할머니의

아버지의 눈치,
밥만 축내는

입 하나 들자고
취직시켜줄 테니 일본 가자고
방직 공장에 취직시켜준다는 말에
일본 군수공장에 3년 계약으로 가면
큰돈 벌 수 있다는 말에
밥도 많이 먹고
우리 집도 잘 살 수
있다는 말에,

돈 벌어
아버지한테 송아지 두 마리 사주겠다고
오빠 혹은 남동생,
장남에게 송아지 사주겠다고
낯선 땅,
돈 벌게 해준다고 따라나선 땅,
인간이 사는 땅이 아닌,
짐승이 되어야 하는 땅
그렇게,

목숨 같은 고향을,
떠났습니다.

또한,
유괴
협박

그리고 아버지에 의해 팔리기도 했습니다.
남편에 의해 팔려,
군위안소로 끌려가기도 했습니다.
학교 선생님의 소개로
끌려 가기도 했습니다.

깊고 아득한
햇빛이 내리쬐는 날,
소녀는 말했습니다.

국민학교 6학년 담임 선생님이
일본 가서 공부시켜준다는 말에,
여학교 간다는 말에,
손을 번쩍 들었습니다.

친구들도 손을 들었습니다.
누구는 거짓말, 이라고
안 간다고 했지만,
공부하고 싶은 소녀는,
끝까지 간다고 했습니다.

한 달 후
담임 선생님이 낯선 남자와 함께
집으로 찾아오셨습니다.
무서워서, 낯선 남자가 무서워서
뒷간에 숨었는데,
결국 발각되었고,
따라갔습니다,
열네 살에.

소녀뿐만 아니라 많은 소녀들이 모여 있었고
신사에 가서 '천황폐하' 만세를 부르고
차를 타고 부산으로 갔습니다.
배를 타고 일본에 도착하니
군인들이 총을 들고 서 있는 건물로,

뱀의 아가리로 들어가는 심정으로
들어갔습니다.

먼저 와 있던 소녀들은 소녀보다 두세 살 많았는데
위안부라 했습니다.
소녀는 위안부가 뭔지도 몰랐습니다.
돈 버는 공장에서 일하는 사람들인 줄 알았습니다.
다음 날부터 소녀는,
그믐밤 어둠처럼 다가오는 군인들의
정액받이가 되었습니다.

일본인 선생님의 말씀에 속아 온
소녀들이 많았다고,
소녀는 눈물이 나지 않는
메마른 눈을
손수건으로 닦았습니다.

일본인 선생님들이
아이들 학부모를 일일이
찾아다니며
일본에 가면 돈을 벌 수 있다고,

호소,
하소연,
협박했다고 했습니다.

그렇게 학교마다
비밀리 학생들을 동원,
했습니다.

서울역에 갔을 때
열차를 타고 정신대로 떠나는 여학생이
백여 명이 넘었다고,
일본인 교사가 증언했습니다.

먹고 사는 것이 제일
중요합니다.
소나무 껍질을 벗기려는 사람들로
온 산에는 마치 두루미가 앉은 듯
온통 하얬습니다.

죽조차 먹기 힘든
세상.

남편은 아내를 팔고
아버지는 딸을
팔기도 했습니다.

일본으로 가면
돈 벌 수 있다는 감언이설에
딸과 아내를 팔고.

입 하나 들겠다고
따라나선
딸과 아내들이었습니다.

군위안부로 간다는 사실은
아무도 몰랐습니다.
무서운 것이
입이었습니다.
목숨이었습니다.

나와 동갑인
열여섯 살 소녀가 있었습니다.

여자근로정신대 1기생으로 일본에 갔습니다.
요시노초등학교 고등과 1학년 때였습니다.
일본 왕 신하인 담임선생님은 가정방문 왔고
정신대로 나가라고 했습니다.
배우기도 하고
돈도 벌 수 있다고,
했습니다.
결국 아버지의 눈빛에서
어머니의 한숨에서
가지 않으면 안 될 것 같은,
가야만 한다는,
것을
나중에 남의 집 귀신이 될
여자인 소녀는 일본으로
떠났습니다.

어머니는 말없이 울기만 했고
아버지는 무슨 돈이 생겼는지
날마다 술 마시고
화투패를 쥐었습니다.

뻘겋게 충혈된 눈동자로
매일 새벽에 들어왔습니다.

나 말고도 딸이 많았으면
아버지는 행복했을까요.

아버질
미워하진 않는다고
눈물을 머금던
소녀.

그 소녀는 후지코시 비행기 공장으로 가게 되었고
도착 두 달 후 배가 고파
탈출했습니다.
배가 고파 집을 떠나 공장에 들어왔는데
배가 더 고팠습니다.
배가 부르면 졸리고
일의 능률이 오르지 않는다며
밥 한 공기에
무 조각 하나가 전부였습니다.

새벽 별 보고 공장에 가고
저녁 별 보고 공장 나왔습니다.

결국,
소녀는 붙잡혔고
위안부가 되었습니다.

이런 소녀는
아주 많았습니다.

1944년
국민학교를 졸업하고 집에서 일을 도와주고 있는데
정신대 1차 모집이 있다는 소문을 들었습니다.
멀리 있는 고모집으로 숨었습니다.
며칠 후
이제 괜찮겠지,
하고 돌아오니
2차 모집으로 읍에서 사람이 왔습니다.
일본으로 가면
옷도 내주고
돈도 주고

먹을 것도 넉넉히 준다고 했습니다.

일본 코사이 비행기 부속 공장
전구 분류하는 일을 하다가
인도네시아 하루마헬라 섬으로
강제 연행되어
위안부가 되었습니다.

남편이 징용에 끌려가 죽은 후
그 죽인 놈들이
보상금 준다고 따라갔다가
위안부로 끌려간
기막힌 사연
하나.

밤마다 엄마가 보고 싶어
눈물을 글썽이던 소녀는
마을 어귀에서 줄넘기를 하다
끌려왔다고 했습니다.

"아빠 심부름으로 데리러 왔다."

아저씨를 따라 나섰다가
대만으로 끌려가 일본 경찰 간부집에서
식모살이
미군 폭격이 계속되던 때
위안부로 끌려왔다고.

8.

일본 왕의 전쟁 광기,
어디
이뿐이겠습니까.

진해산미 궁궐 안에서
지방에서 갓 뽑아 올라온 처녀들의
술시중을 들으며
세계를 장악할 꿈을 꾸었던
일본 왕.
위안부로 끌려가는 조선 소녀들의
절규가 노랫소리로 들렸는가.
일본 왕이여!
그 왕의 신하여!

그 신하를 추종하는 조선의
높으신 어른들이여!

끌려간 소녀들의
나이를 아는가!

이제 꽃봉우리 피기 시작하는
열한 살부터
스물세 살까지
그중에
이팔청춘 열여섯 살부터
열일곱 살까지가
대부분이었으니,

처녀공출.

처녀를 받쳐
전쟁의 승리를 기원하는
악마여!

일본이란 나라의 공창 연령은

열여덟 살 이상
조선은 열일곱 살 이상.

양어머니가 열다섯 살 소녀를
열여덟 살로 속여
일왕의 충신에게
팔아넘겼고 그 남자는 다시
청진에 있는
위안소로 다시 팔았습니다.

1943년 열다섯 살 때
다니던 군복공장 일본인 과장이
계속 겁탈하려 해
장갑공장으로 옮기려
알아보고 돌아오는 중
아마도,
저녁 다섯 시쯤 됐을 거야,
소녀는 담배 연기를 길게 내뿜었으며
허옇게,
말했습니다.

부산진역 앞을 지나다가
경찰서 안에서 일본인 남자가 불러
들어갔다가
좋은 데 취직시켜준다는 말에 따라갔습니다.
배를 타고
일본으로
그 다음 날 다시 부산으로 되돌아와
영도에 있는 제1위안소로 끌려갔습니다.

그곳에 45명의
눈물도 잃어버린 위안부가 있었습니다.
경상도 소녀가 가장 많았고
충청도 강원도에 온 소녀들
농사짓는 부모의 딸들
가난한 소녀들.

9.

군위안소 운영은
군인 군속이 가장 많았고
그 다음 일본인 민간인이었습니다.

조선인 민간인도 있었으니
오히려 일본 왕의 개 같은 신하들보다
그 신하의 똥구녕을 핥는
조선인 민간인이 더
무서웠습니다.

아는 사람이
같은 조선 사람이 더
무서운
세상이었습니다.

민간인이 운영했어도
군복을 입고 소녀들을
관리했습니다.
밥도 군에서 주었습니다.

군위안소가 있었던 사실을 부인하던
일본 왕의 신하.
일본 정부는
거듭되는 증언으로 사실로 드러나자

이젠 군이 직접 위안소를 운영하지 않고
민간인들이 하였다는
가증스런 주장.

성병 검사도
군의관이 하였는데,

군이 운영하지 않고 민간인이
운영하였기에
일본 정부의 책임이 없다고
군위안부 문제에 눈 감고
배상문제에 입도 벙긋하지 않는
일본 왕의 충견,
일본 정부.

군위안소로 끌려간 소녀들은
관리인이
돈을 다 받았다고,

군인들이 보초를 서
도망갈 수

없었노라고,

군위안소 이용자는
군인과
군속을 한정,
대부분 일본 군대가 직접
운영했습니다.

민간인이 운영한 경우도 있었지만
이 또한
군대의 명에 의해
운행되었기에
군에 직접 운영하는 거랑
같았습니다.

어디
그뿐이겠습니까?

수송에 있어서도
군인에 의해 연행된 소녀들이
대부분이었고,

기차나
트럭 또는
배를 이용한 경우에도
일본 왕의 충실한 황군에게
인계,
되었습니다.

황군들의
살모사 같은 엄격한
감시 속에
소녀들은 목적지까지
수송되었던 것,
입니다.

물자로서
전쟁물자로서
인간이
아닌,

민간인에게 취업에 속아 탄

트럭

기차

배

모두 황군들이 제공했습니다.

트럭은

군용트럭이었고

배는 군함이었습니다.

또한

위안소에서

다른 위안소로 옮길 때도

황군이 직접

수송했습니다.

부대가 이동할 때

위안부도 함께

이동했습니다.

위안소가 설립되기 힘든

오지에서는

트럭을 이용해
정기적으로
소녀들은 데리고 갔으며
며칠동안 짐승처럼
짐승보다 못하게
대하다가,

다시
트럭으로 위안소로
보냈습니다.

이러함에도
일본 왕의 충신들은
군은 위안소에 개입하지 않았으므로
일본 정부는 위안부 피해자들에게
배상할 필요가 없다고
증거가 없다고
문서가 없다고
소름끼치는
주장.

내가
증거다.

증거가 된
할머니.

이제는 할머니가 된
소녀들은,
사악한 일본 왕의 충견(忠犬)들에게
일갈했습니다.

태어나,
마을을 벗어나 본
적이 없던
소녀들.

가장 멀리 간 곳이
소학교.

도살장에 끌려 온 소보다도
더 참혹하게

황군의 노리개가 되어야
했습니다.

순결을 지켜야
한다는
조선 왕조 500년의
법도.

은장도를 지녀
자신의 몸이 더럽히지 않도록 해야
한다는 조선왕조는
그때 어디 있었나요?

진정
소녀들의 몸이 짓이겨질 때
조선 왕조는
무얼
했습니까?

그
왕조를 하늘처럼 떠받들던

그 잘난 신하들은
소녀들에게
어떻게 했습니까?

동조
방조
묵인
외면 아래

조선 왕조의 신하인
하수인들이
일본 왕의 명을 받아
조선의 가난하고
배우지 못한
소녀들을
끌고 갔습니다.

일왕 신하가
보는
앞에서.

3부

우린 사람이 아니었어

10.

일본 왕의 충견에게
여섯 명의 소녀들과 함께 끌려가
장춘에 도착해 이십여 일 머물렀습니다.

양편으로 군부대가 있는데
나이도 어리고
중국말도 모르니
도망갈 수가 없었습니다.

언제 죽을지도 모른다는
공포감으로
황군들 얼굴만 봐도
경기 일으킬 지경으로
하루하루를 견뎠습니다.

군인들을 따라 어느 집에 갔는데
눈에 흰 붕대를 감은 부상병들이 있었습니다.
내가 나이가 어려
돌보게 되었습니다.

밥도 떠먹여 주고
화장실도 같이 가고
세수도 시켜주고
방 청소도 했습니다.
밥은 군부대에서
갖다 주었지요.

빨래하는 아주머니들이 있었는데
나는 어리다고
빨래 느는 것을
했습니다.

하지만
낯선 땅
언제 죽을지도 모른다는
아득한 생각으로
밤은 뜬눈으로 지새우고
밥은 목구멍으로 넘어가지 않아
먹을 때마다
체하고
가슴이 답답했습니다.

앞이 안 보이는 삶만큼
두려운 게 있을까요.

부상병들이 불쌍하면서도
가까이 오게 해
내 몸을 더듬는 손길이
독사의 혓바닥 같아
소름끼쳤습니다.

불길한 예감은 어김없이
찾아왔습니다.
부상병들이 떠나고
하루빈으로, 목단강으로
위안부가 되어 끌려갔습니다.

그때부터
난,
인간이
아니었습니다.

그때는
초경도 안 했을 때,
였습니다.

남자에
대해서 아무것도
몰랐습니다.

아버지 오빠
마을 오빠들만 알았습니다.
귀엽다고 안아주고
머리 쓰다듬어 주고
곶감 주고.

조그마한 방으로 황군들이
나를 떠밀었습니다.
내 방이었습니다.
아니,
황군들을 위안하라는
방이었습니다.
지옥이었습니다.

나에겐
장교들만 찾아왔습니다.

오래된 위안부들에겐
성병 걸릴 염려가 있으니까
이제 막 끌려온 나에겐
장교만 왔습니다.

나에게 온 첫 상대는
나이가 많은 장교였는데
내가 놀라 비명을 지르니
내 입을 털어 막고
팔을 꺾고
엄지손가락을 비틀어서 뼈가
툭, 뛰어나왔습니다.

결국 나는 기진맥진하여
누워 있는데
늙은 황군은 맘대로
안 된다며

아직 어린아이인 나를
겁에 질려 벌벌 떠는 나를
주먹으로 치고
발로 찼습니다.
그럴 때마다
난 저쪽으로 나가떨어졌습니다.

울고불고
반항하고
소리치자

군화로 차고
주먹으로 내리치고
그러다 내 몸이 가벼워 날아가
구석에 처박혔는데
머리에서 피가 솟구쳤습니다.
황군은 멈추지 않고
군홧발로
주먹으로 내리쳤습니다.

그러다,

까무러치길 여러 번,
다음 날 아침이 되었는데도
온몸이 만신창이가 되어
일어나지도 못했습니다.

머리 상처엔 머리카락도
나지 않았습니다.
할머니가 된 지금도
허연 흉터가
분노로 남아있습니다.

그 늙은 황군은 세 번이나 연속으로 왔는데
하지는 못하고
내가 아랫도리에 피를 너무 많이 쏟으니까
다음부터는 안
왔습니다.

그 후
밤에 장교 몰래 찾아온
황군들이 독사처럼
내 방으로 들어왔습니다.

열 명 스무 명이 넘는 황군들이
내 몸을 능욕하고 지나 간
밤이면,
아랫도리가 붓고 쓰려
밤새 뜬눈으로 하얀 밤을
뒤척였습니다.

아빠라 부르라는 관리인이 찾아와
찢어진 내 아랫도리를 보고
자주색 약을 주더니
자주 아랫도리를 씻으라고 했습니다.
나를 위해서가 아니라
황군이 성병에 걸리면 큰일 나니
나보다 더
신경 썼습니다.

그러던 어느 날
아랫도리에서 고름이 나고
열이 나서 병원에 갔습니다.
의사와 간호사 모두 일본사람이었습니다.

약을 먹고 주사를 맞았지만
고름은 계속 나고
찢어진 부위에서 피도
계속 났습니다.

더이상 황군을 못 받으니
관리인은 죽일 듯
인상을 썼고
방에 누워 있으면 밥도 주지 않았습니다.

일을 하지 않으니
밥 먹을 자격도 없다는
것이었습니다.

밥하고 빨래하는 아주머니 한 사람이
나를 부르더니 잔심부름을 시켰습니다.
이거라도 해야 밥을
얻어먹을 수 있다면서.

하지만 몸이 아파

그 잔심부름조차 잘하지 못해
흉내만 냈습니다.

소녀들이 가끔 찾아와
조선말을 하는 낙으로
살았습니다.

들키면 죽도록 두들겨 맞지만
안 들키게 소녀들과 조선말을
하며 향수를 달랬습니다.

몸이 좀 낫자마자
또다시 밤마다 황군들이 쓰나미처럼 밀려와
내 몸을 능욕했습니다.

아직 어른이 되지 못한 아랫도리는
찢어져서
피가 나도 황군들은
끊임없이 방으로 들어와
올라탔습니다.

매일 자주색 약으로 밑을 씻어도
고름이 생기고
붓고
또다시 병원에 가서
약을 먹고
주사를 맞았습니다.

황군을 못 받는 날엔
또다시 굶어야 했고
차가운 다다미 방에 엎드려
엄마,
엄마,
엄마를 찾으며
속으로 울음을
삼켜야 했습니다.

11.

사방이 철조망으로 쳐져
황군이 총을 들고 보초를
섰습니다.

나이 많은 사람이나
일본인들이 장교들과
외출할 수 있었습니다.

같이 있던 소녀들은
매일 엄마를
찾았습니다.

엄마,
보고 싶어요.
보고 싶습니다.

남동생 잘 돌보지 않는다고
등짝을 후려쳐도

오빠 심부름하지 않는다고
주먹으로 머리를 쥐어박아도

엄마,
보고 싶습니다.

등짝을 맞아도
머리를 쥐어박혀도
그 손이
그립습니다.

온기가
느껴지던 그 손이
그립습니다.

엄마,

엄마의 매질이
엄마의 가슴에 생긴
피멍이란 걸
조선왕조 500년 이어온 이 땅
모든 여자들의 가슴에 박힌
한이란 걸,
여기 와서야
깨달았습니다.

미련스럽게도
여기 와서야
나의 등짝을 후려치던 그
손이 한이란 걸,
깨달았습니다.

엄마
보고 싶어요.

12.

군위안소가 설립된 것은
상해주둔 일본군에서 위안부를
요청한 것이 군위안부의
시작이었습니다.

1937년 일본 왕의 충견들이
남경 점령 후 본격적인 정책이
시행되었는데
초기에는 부대 옆 유곽 주인에게
위안부 모집을 맡겼다가 수요가 부족하여

군대에서 조선인 소녀들을
강제로 데려오기 시작했습니다.

죽음을 목전에 둔
전쟁을 치르고 난 뒤의
황군들은 이미 정상적
인간이 아니었습니다.

술에 취해 들어왔고
시키는 대로 하지 않으면 주먹으로
소녀들의 얼굴을 강타하고
발로 차고
죽었는지 꼼짝도 하지 않으면
올라탔습니다.

밖에선 늦게 나온다고
문을 두들기고
욕하고,

안에 있는 놈은
하고 있는데 왜 지랄하느냐고

끝나고 나선
밖에 떠드는 놈과 뒤엉켜
치고박고
말리던 관리인은 얻어맞아
이빨이 다 빠졌습니다.

소녀들은
위안부
종업부
특수부인
특종부인
특종 부녀로
장부에 올려졌습니다.

군위안소로 사용된 건물은
학교
사원 등을
군대가 빌리거나
주인이 도망간
빈 집이었습니다.

판자로 칸막이를 여러 개 설치하였고
군대 막사가 그대로
위안소가 되기도 했고
천막이나 동굴이
위안소가 되기도 했습니다.

아침부터 초저녁까지가 일반 병사
초저녁부터 밤 7-8시까지 하사관
야간에는 장교가
숙박할 수 있었습니다.

황군 1인당 시간은 30분 정도였으나
밖에서부터 바지를 벗고 있다가
헐레벌떡 들어오자마자
배설하고 가는 놈이
많았습니다.

일찍 배설하고 가는 놈이
많으면 그만큼 황군을 많이 받아야 하니
소녀들은 황군에게 말을 시켜
되도록 늦게 나가게 하기도 했습니다.

가끔은 황군 중에 조선인이 있었는데
조선인은
얘기만 길게 나누며 위로해주다
그냥,
갔습니다.

그러다 운 나쁘게 들키면
그 조선인은 일본인 황군에게
죽도록 맞았습니다.

소녀들은 처음
위안소에 배치되었을 때
장교들을 상대해야 했습니다.
병사들도 장교 몰래
많이 몰렸습니다.

아직 어린,
순결을 좋아하는 짐승 같은 황군
성병이 걸리지 않은 갓 들어온
소녀들이었기에

황군들은 파리떼처럼
몰려들었습니다.

아직 여자가 아닌
소녀이었기에
남자는 아버지와 오빠밖에
모르던 소녀들이었기에
정신이상에 된
경우도 있었습니다.

어떤 소녀는 황군을 받지 않자
황군 장교인 관리인이
방에 들어 와
말을 안 듣는다며
손가락을 잘라버렸습니다.
왼손 둘째 손가락이
잘렸습니다.

아래가 너무 아파
제대로 상대를 해주지 않으면
개 패듯 했습니다.

그때 하도 맞아서
지금도 머리가 아프다고
이젠 할머니가 된 소녀가
말했습니다.

평소에 위안소에서 황군을 상대했지만
때때로 다른 부대가 있는 곳으로
실려가곤 했습니다.
막사에서,
그 부대의 모든 황군들을
상대하고 나면 일어설,
숨쉬기조차 힘들었고
리어카에 실려 돌아오기도 했습니다.

싱가포르와 인도네시아 일대로
끌려다니며
산속 깊은 부대로 '출장'을 가서
임시로 만든 위안소,
천막 안에서
개구리 모양으로 계속

황군들을 받았습니다.

13.

성병 검사는,
위안소에 배치되기 전에 받았고
이후 일주일에 한 번씩
검사를 받았습니다.

소녀들은
처음 황군들을 많이 상대했을 때
밑이 찢어지고 부어올라
며칠 쉬었습니다.
물론 밥도 먹지
못했습니다.

처음 검사를 했을 때
밑이 작다며 군의관이 칼로
째기도 했습니다.

성병에 걸려

606호 주사를 맞기도 했습니다.

임신한
경우도 있었는데 아예,
자궁까지 제거하여 월경도
없어졌습니다.

14.

아,
엄마

그뿐만이
아니었습니다.

인간도 아닌
짐승보다도 못한
생활이었습니다.

낯선
땅

낮선
황군들

소녀들은 매일 밤
엄마를
찾으며
울었습니다.
소리나면 운다고 또 맞으니
마음대로
울지도 못하고
속으로,
속으로 울음을 토해냈습니다.

아래에 병이 나면
오리 같이 생긴 걸 아래에 넣어서
검사하는데,
매독에 걸린
소녀들이 있었습니다.

또 어떤 소녀는,
질 안에 염증이 생겨 근질근질하다가

통통 부어 무척
아팠습니다.
군의관은 질 속을 들여다보더니
아직 괜찮다 며칠 더 있다
째면 되겠다,
하여
계속 황군들을
받아야 했습니다.

아래에 고름이 차
죽을 지경인데
괸리인은 그냥
고름찬 곳을 칼로 쭉 찢더니
솜에 하얀 가루를 묻혀서 넣어주었습니다.
이제 다 나았다고
황군을 받으라,
했습니다.

15.

옷은,

군대에서 준 걸레 같은 기모노를 입었습니다.

중국인들이 버리고 간 옷을

군인들이 가져와 입기도 했습니다.

난 어린 나이라

기모노가 맞지 않아

한동안 집에서 입던 옷을

그대로 입었습니다.

엄마가 지어준 옷.

피가 묻어

여기저기 시뻘건 자국이 있어도

엄마의 따스한

온기가 전해오는 거 같아

중국옷을 주어도

입지 않았습니다.

밥은 하루 두 끼나 세 끼를

먹었지만,

황군들이 들이닥치면

그나마 못 먹게 되고

황군을 받으며 밥을

먹기도 했습니다.

어떤 관리인은
황군이 있는 방에
들어가지 않으려는
소녀들을 전기고문했습니다.

또한,
복도 벽에 소녀들의 이름을 적고
날마다 몇 명을 상대했는지 기록하여
상을 주기도 했습니다.
적게 받은 소녀들은
가죽혁대나
쇠고챙이로 맞아야 했습니다.

다른 위안소에는
황군들이 와 벽에 걸린 사진을 보고
마음에 드는 소녀의 방에
들어갔다고 했습니다.
그렇게 하루에
30명에서 50명까지

받았다고 했습니다.

밖에서부터 바지를 내리고
기다리다 늦게 나오는
군인들끼리 싸우기도 하고

황군들이 많이 오는 날에는
약물로 밑을 씻을 시간도 없었고
밥도 먹지 못했습니다.

16.

엄마,

이뿐만이
아니었습니다.

소녀들의
피눈물나는 고통은
이뿐만이
아니었습니다.

한 소녀는
군인을 많이 받는 날에는
하체가 떡 갈라지는 것
같다고 했습니다.

밑이
칼로 째는 것처럼 아픈데도 계속
황군들은 위로 올라오고
피는 계속
쏟아지고
오줌도 제대로 나오지
않는 나날들,
눈물은 말라
나오지도 않았습니다.

어떤 소녀는
군인을 많이 상대해
밑이 통통 부어 병원에 가는데
아랫배가 터져 나올 것,
같았다고

시뻘건 울음을
토해냈습니다.

어떤 소녀는
질이 퉁퉁 부어
소독 호스조차 들어가지
않았다고
허옇게 울면서
말했습니다.

17.

황군들을 상대하지 않을 땐
군인들의 연회에 참석하여
노래를 부르고
춤을 추어야 했습니다.

또한,
황국신민서사를 외워야 했고
병원으로 부상 당한 군인들을
보기만 해도 토할 것 같은,

군인들을
위문가기도 했습니다.

성병검사는
군의관이 할 때도 있고
관리인이 할
때도 있었습니다.

소녀들을 위해
검사를 한 게 아니라
일본 왕의 충견들이 혹
성병에 걸릴까
그것이 두려워 검사를
했습니다.

하루는 한 소녀에게 이런
경우가 있었습니다.

하도 많은 군인들을 상대하다보니
밑이 퉁퉁 붓고
고약한 냄새가 났습니다.

병든 상태에서도 계속
군인들을 받다보니 어떤 군인은
시뻘겋게 된 밑을 보더니
욕지거리를 하며
못같이 뾰쪽한 것을 마구마구
밑을 찔렀습니다.

오히려
병균이 옮아 번져서
고름과 피가 범벅이 되었는데도
그냥 누워,
짐승의 정액을,
받았습니다.

약 먹고
주사 맞아도
병이 낫질
않았다고 했습니다.

무슨 주사인지 한번 맞으면
속이 울렁거리고

입과 코에서 냄새가 올라와
역겨웠는데,

아마도 '606' 주사로 알려진
수은 주사의
후유증 같았다고 했습니다.

'606' 주사를 맞으면
아이를 못 밸 정도라고
소문 났습니다.

또한,
생리 중에도 군인을 받아야 했습니다.
솜으로 막고
수치심으로 몸을 떨며
군인을 받아야 했습니다.

18.

엄마,

이 비참한 생활을
언제까지 해야 할까요
지옥보다 더한
이곳에
얼마나 더 있어야 할까요

앞이 보이지 않는,
세상
눈앞엔 항상 죽음이,
얼씬거리는 생활

죽으려다
죽고 싶다가도

엄마
얼굴이,

아버지
얼굴이,

아,

고향엔 감꽃이
피었습니까?

잠에서 깨면 머리맡에 있던
곶감
곶감집 막내딸이라 불렸는데,

엄마,
곶감이 먹고
싶습니다.

하이얀 감꽃이
떠오릅니다.

오빠들이 왕관을
만들어주던 감꽃
언니들이 목걸이와 반지를 만들어주던
감꽃.

마당엔

감꽃이 함박눈처럼
우수수 떨어졌겠군요.

엄마
보고,
싶습니다.

19.

임신한
소녀도 있었습니다.
그러나,
정상적으로 키우지 못하고
남을 주거나
배속에서 죽기도 하고
태어나자마자 죽기도 했습니다.

어떤 소녀는
임신인 줄 모르고 있다가
'606'호 주사를 맞고
몸이 붓고 으스스 떨면서

하혈을 했습니다.

관리인이 소녀를 병원으로 데려가면
군의관이 자궁 속을 긁어냈습니다.
이렇게 서너 번 자궁을 긁어내면
더 이상,
임신이 되지 않았습니다.

처음 성병 검사를 하곤
처녀로 밝혀지자 주사를 맞은
소녀도 있었습니다.
아이 못 낳는 주사라고
아이 못 낳는 약도 강제로 먹었다고,
했습니다.

다른 위안소서 온 소녀는
임신 안 한 소녀는 한 명도
없었다며
자신의 배를 보여주었습니다.

세로로 길게

가로로 여러 번 지렁이 같은
칼자국이 있는 배를.

샷쿠(콘돔)을 끼는 게 규칙인데
죽음을 앞둔 황군은
매독에 걸리는 것도
하나의 선물이라며
이리 죽으나 저리 죽으나 마찬가지라며
샷쿠를 끼지
않았습니다.

샷쿠는 자주 주지 않아
소녀들이 직접 씻어야 했습니다.
수치스럽게
미끌미끌한 샷쿠를
씻는 날이면 역겨워
밥조차
먹기 힘들
정도였습니다.

그걸 한 소쿠리씩 씻어

그늘에 말렸다가 다음 날
황군들이 오면
직접 끼워주기도 했습니다.

도망을 가고 싶어도
관리인이 혹은
군인이 지키고 있어
아예 꿈도 꾸지 못했습니다.

더욱이,
도망가다 붙잡히면
모진 매에다
며칠을 굶기니
체념할 수밖에
없었습니다.

그래서,
자살한 소녀들도
여럿 되었습니다.

20.

성노예 생활 외에도
고달프기는
마찬가지입니다.

조선말은 당연 금지고
관리인이나 군인한테
일본어를 배워야 했습니다.

어떤 위안소에 갔을 때
머리 모양
옷도
양장을 시키거나
학생 모습으로,

긴 댕기머리는 다
잘라야 했고
간단한
화장도 해야 했습니다.

외출은 아예 없었으며

산책도 감시하에
겨우 할 수 있을 뿐이었습니다.

원주민들조차
위안소 근처에는 얼씬,
하지 않았습니다.
마치
무슨 병균을 옮기는
장소처럼.

관리인은 자신을
구역질나게도 아버지라,
부르라 강요했습니다.

아버지라니요
딸을 성폭행하고
딸을 짐승들에게 능욕당하도록
그래서,
돈을 버는
아버지도 세상에,
있답니까?

일본 왕이니까
그 왕의 신하이니까
가능한 걸까요?

군사부일체란
말인가요?

아버지라 부르라던 관리인은
따로 생활했습니다.

밥도 따로 먹고
똥도 따로 쌌습니다.
잠은 가족끼리
평화로운 가족이 있는 건물에서
잤습니다.

밥은 단무지와
절인 배추가
고작이었습니다.

그나마
폭격이 있는 날이나
떼로 몰려오는 황군에게
시달린 날이면
굶어야 했습니다.

추운
겨울에는 감기에 걸려
폐렴이나 폐결핵으로 죽는,
객사한
소녀들도 있었습니다.

21.

엄마,

보고
싶습니다.

고향 생각
하기 싫어도

도둑 고양이처럼
다가온 고향 생각에
가늘게 떨리는
가슴입니다.

여긴
가난한 소녀들만
모였습니다.

모두 저처럼
소작을 짓는 아버지
하루종일
남의 일하러 다니는
엄마를 둔
소녀들입니다.

문득,
64칸 큰기와집
딸이 생각납니다.
나하고 동갑인

그 딸,

그 딸은 유학간다 했는데
갔는지요.
검은 교복 입고
집에 다녀갔는지요.

우리는 지옥보다 더한
이곳에 있는데.

일본인이 수시로 들락거리는
64칸 큰기와집 딸은
일본으로 유학간다
했지요.

우리와 다른
세상에 사는,
부러울 수도 없는
사람들이 아닙니까.

큰기와집 아들도

유학 갔겠군요.

작은오빠와
동갑이었는데
작은오빠는 징병 피해
일본으로 도망갔고
그 집 아들은 일본으로
유학을 갔겠군요.

부러울 수가
있나요
감히,
언감생심.

엄마
보고 싶습니다.

아버지도
보고
싶습니다.

큰오빠도
작은오빠도
큰언니도
작은언니도,

보고
싶습니다.

살고
싶습니다.

엄마,

살아서
고향에
가고 싶습니다.

마루에 앉아
애호박 썰어 넣은
허연 국수를
먹고 싶습니다.

엄마,

제가

살아서 갈 수 있을까요?

엄마

기도해주세요.

제가

고향에 갈 수 있도록

기도해주세요,

엄마.

22.

그러던,

어느 날

열이 나고

자꾸 물을 마시고 싶고

눈을 감아도
정신이 왔다갔다
했습니다.

장질부사(장티푸스)에
걸렸던 것입니다.

장질부사는 사람에게 전염되는 병이라
동네 한 솥이 다 죽는
그런 병입니다.

그렇게 열에 들떠
정신을 못 차리고 있을 때
조선인 김씨와 황군이
나를 트럭에 태웠습니다.

트럭엔 소녀들이
드러누워 있었습니다.
나처럼 장질부사에 걸린
소녀들,
여덟 명이었습니다.

김씨를 포함 황군 넷이
함께 타고 비탈길을 갔습니다.
병원이 아니라,
산으로
깊숙이 들어갔습니다.

왜 이리로 가는지
오한이 나고
갈증이 나서
정신을 차리지 못했습니다.

그러다
정신이 희미하게 들었습니다.

장티푸스는 전염병이라 걸리면
모두 죽인다는 벼락 같은 소문이
생각났습니다.

하지만,
도망가야 한다는 생각뿐

몸은 열에 들떠
움직이지 않았습니다.

소녀들은,
서로 마주 보며 눈물만,
흘렸습니다.

트럭이 도착하니
황군들이 구덩이를 파는 게
흐릿하게 보였습니다.

오한으로
덜덜 떨리는 몸으로 소녀들은
구덩이가 파진 곳으로 개처럼
끌려갔습니다.

김씨,
행동이 이상했습니다.

일본인 황군들은 빨리 묻고 가려고
바삐 움직이는데

빠릿빠릿하고 날랜
김씨는 느릿느릿,
장교한테 얼굴도 얻어 맞고
발길질을 당했습니다.

마침내 소녀들은
하나 둘,
구덩이로 던져졌습니다.

비명도 못 지르고
오한과
공포로
덜덜 떨면서
이국만리, 어딘지 모르는
타향에서 지옥으로 떨어졌습니다.

마지막으로
내가 제일 위에
던져졌습니다.

황군들이

기름을 붓고
밑에 불을,
붙였습니다.

불길이,
시커먼 불길이
순식간에 타올랐습니다.

소녀들의 살려달라는
비명소리와 울음소리가
허공을 찢고
솟구쳤습니다.

이제
죽는구나
몸은 움직이지 않고
엄마의 얼굴이 떠오르고
아버지의 얼굴이
오빠들의 얼굴이
언니들의 얼굴이
언덕이 나오면 나를 업고

학교까지 갔던 언니들의 얼굴이
휙휙 지나갔습니다.

엄마,
엄마,
살려주세요.
엄마,
보고 싶어요.

소녀들은
시뻘겋게
울부짖었습니다.

그때,
였습니다.

탕!
탕! 탕!

총소리가
났습니다.

조선 독립군이
나타난 것입니다.
오,
어머니.

순식간에 황군들은 모두
죽었고.
김씨가,
구덩이로 재빨리 내려오더니
아직 타지 않은 맨 위에 있던
나와 소녀 한 명을
재빨리 밖으로
꺼집어냈습니다.

김씨가,
새도 쥐도 모르게
독립군을 불렀던
것입니다.

김씨는 나를 업고

산길을 막
달렸습니다. 정신 잃은 나를
업고서.

정신을 차리고 보니
독립군들과 김씨가 나를
걱정스런 표정으로 바라보았습니다.
아.
끌려와서 처음 느껴보는
저 표정이라니.

오한과 갈증으로
떨면서,
살았다는 생각도 없이 또다시
까무라쳤다가 다시 깨길 몇 번.

어느 독립군이 주머니에서 침통을 꺼내
내 온 몸에 침을 놓았습니다.
머리에 침을 놓으니
피가 쏟아졌습니다.

신기하게도
다음 날부터
오한도 덜 나고
갈증도 덜 나고
좀
살 것 같았습니다.

김씨,
를 찾았습니다.

김씨가
보고 싶었습니다.

사지에서 구해준 사람
김씨가 아버지처럼
엄마처럼
느껴졌습니다.

백두산으로
갔다,
했습니다.

며칠 안 있으면 온다고
독립군들이 말했습니다.

그 사람이 그랬다고 했습니다.
해방되면 우리 집, 경북 상주
내 고향 상주에 가서
살겠다고
그 사람이 나를 영
생각했다고

나는 눈물을 흘리며
독립군에게 그 말을
들었습니다.

이제 생각하니 김씨는
나와 단둘이 있을 때
이놈들을 언제라도 보복한다,
했는데
난 그 말을 그때
몰랐습니다,
뭘 저렇게 보복한다는 것인지.

백두산으로 간 후
단 한 번도
못 만났습니다.
천지신명께 빌고
고향 아버지 엄마께 빌어도
김씨,
그 사람 한 번도 못 만났습니다.

꿈속에서라도
꼭
보고 싶습니다.

해방되고
고향에 가 있으면
김씨가 꼭,
찾아오리라 믿었습니다.

그 날이 오길
간절히 빌었습니다.

23.

난 동굴 속에서
살았습니다.
멀지 않은 곳에 외딴집이 있었습니다.

조선인 남자와 어린 아들이
살고 있었습니다.

독립군인 줄도 모르고
무슨 죄를 지어 이렇게 첩첩산중에
감옥에서 탈출해서
외딴집에 숨어
사는구나 싶었습니다.

몸이 좀 낫자
쪽지를 내 옷에 넣고
혹은
호미를 자루에서 빼고 그 안에
쪽지를 넣고 다시 호미 끼워
그 외딴집에 갖다 주었습니다.

외딴집에선 또다시 딴 데로
가져가곤 했습니다.

함께 살아난 소녀는
알고 보니 일본인이어서
이런 일할 땐 조선말로,
심부름을 나만 시켰습니다.

수건을 쓰고
외딴집 남자랑 약 캐러 가는 것처럼
심부름을 했습니다.

밤에는 옥수수떡을 해서
옷으로 덮어 개랑 같이
산으로 올라갔습니다,
독립군에게 주려고.

깊은 산이라
어둡고
무서워
개가 멍멍 짖으면

난 그 자리에서 꼼짝못하고
벌벌 떨었지요.

일본놈들이 나를 잡으러 온 줄 알고
온몸에 소름이 돋고
몸은 말을 안 듣고
벌벌 떨었습니다.

누더기 같은 옷을 입고
총을 멘 독립군들을 볼 때마다
오빠를 만난 것처럼 반가웠습니다.
오빠 생각에 눈물을 흘리면
왜 우느냐
먹던 옥수수빵을 놓고 나를 달랬습니다.

그러면 나는 서러워
더 울었습니다.
소리도 내지 못하고
속으로 삭이는 울음
몸이,
울었습니다.

실컷 울고 나면
오히려 속이 후련했습니다.

낮에 아이를 데리고 산에
나물 캐러 다니고
달콤한 휴식을 취하니
어느새 내 몸도 살아났습니다.
살아있다는 것이
신기했습니다.

하지만 여전히,
밤마다 황군들에 능욕당하는
꿈을 꾸고 나면
진땀으로
바닥이 축축했습니다.

구덩이에 떨어져 불에 태워진
소녀들이 꿈에 나타나
살려달라고 애원할 때면
밤새 잠도 못 자고
신열에 시달렸습니다.

밤뿐만 아니라
낮에도 무슨 소리가 나면
가슴이 덜컥,
내려앉았습니다.

그럴 때면 독립군들을 생각했고
조국이 지켜주지 않았던 나를
독립군들이 지켜준다는 생각에
마음이 안정되었습니다.

그렇게 몸을 추스르고 난
어느 날
독립군이 해방되었다고 알려줬습니다.

해방?
고향에 갈 수 있겠구나
엄마
아버지 볼 수 있겠구나
펄쩍펄쩍 뛰었습니다.

세상을 다
가진 기분
세상이 내 것인 양
날아갈 것
같은 기분.

그러다 문득,
김씨가 생각났습니다.
이름이
김용호였습니다.

키는 작지만
날쌔고 똑똑했지요.
죽기 전에 한번 보고 싶은
얼굴
나를 구덩이에서 구해준
생명의 은인.

해방되면
내 고향 상주에 가서 살겠다던
김씨.

빨리 고향에 달려가
김씨가 있는지
확인하고 싶었습니다.

4부

기구한 삶은 계속 되고

24.

해방이
됐습니다.
독립군들이 산속에서
노래하고 춤추고
나도 끼어들어
해방의 끼쁨을 만끽했습니다.

이제,
고향으로 돌아가리.

엄마가 있는 곳
아버지가 있는 곳
돌아가리.

돌아가면
다시는 떨어지지 않으리.

엄마 손 잡고
다시는

놓아주지 않으리.

엄마 아버지 볼 생각에
잠을
못 이뤘습니다.

밥을 먹지 않아도 배부르고
연신 콧노래가 나왔습니다.

징용 징병 피해 도망친 오빠들도
돌아왔을까
언니들도 무사하게
잘 지내고 있을까.

고향가면
곶감부터 먹어야지
지금도 아버지는
곶감을 많이 할 거야.

나는 엄마의 품에 안겨
우는 상상을 하며

밤을 지새웠습니다.

25.

어떤 남자와 고향에 간다고
같이 길을 떠났습니다.

발걸음도 가볍게
보자기에 옷을 싸들고
고향으로 출발했습니다.

돈은
조금 있었습니다.

헝겊 쪼가리에 싸서
베고 잤습니다.
고향 생각하며
밤새
뒤척였습니다.

그런데,

그런데 말입니다.

새벽녘에 깜박
잠이 들었는데
깨어보니 베고 자던
헝겊쪼가리가 없어졌습니다.
돈이 없어졌습니다.

고향에 기차 타고 갈 돈이,
없어졌습니다.

세상에,

같이 가던 남자에게 물어도
모르는 일이라
했습니다.

세상에,

졸지에 일전 한 푼 없는
신세가 되었습니다.

같이 가던 남자의
태도가 바뀌었습니다.

돈이 없으면 갈 수
없다고 했습니다.

고향에 가면
엄마한테 아버지한테 돈을
달래서 줄 테니
고향으로 데려다 달라고
빌었습니다.

그 남자는 돈을 벌어
고향에 가라면서
나를 팔았습니다.
나는
팔렸습니다.

노씨라는 사람집에
팔렸습니다.

고향에 가지도
못하고,

그 집에서 3년을 일하며
밥을 얻어먹었습니다.

그 집에 중학교 학생인 아들이 있었는데
일본 학교에 다니던 학생이
곧 나를 데리고 고향,
상주에 가
함께 살자고 했습니다.

그러다 그 학생과
결혼했습니다.

정감 있고
키가 크고
나한테 퍽이나
잘했습니다.

살림을 해본 적이 없었지만

어릴 때 엄마가 했던 일을
떠올리며 반찬을 만들고
밥을 해서
상을 차렸습니다.

남편이
밤에 내게 오는 건 끔찍하게
싫었지만,
내게 너무 잘해 주어
나도 서서히
몸을 열었습니다.

시부모님이나
남편은 내가 만든 경상도 반찬을
맛있게 먹었습니다.

고향 엄마가 생각나
밥하다 울고
밥 먹다 울고
설거지하다 울고.

남편은 꼭
내 고향에 데려다 주겠다고
약속했습니다.

시어머니와 사이가
좋지 않았습니다.

시어머니가 나를 홀대하면
남편이 시어머니와 싸웠습니다.

어느 날,
밥을 하는데
시아버지가 술에 취해
부엌으로 들어와
마실 간 시어머니를
불러오라고 했습니다.

밥을 하는 도중이라
밥 다 해놓고 가겠다고 하자
시아버지는 오마니 안 데려온다고
일본 군화를 신고서

나를 마구 때리고
발로 찼습니다.

때리는 대로 맞을 수밖에
없었습니다.

이가 뿌려지고
입술이 터져
부었습니다.

그때 남편이 돌아와
나를 보더니
왜그러냐고
걱정스레 물었고
난 사실대로 말했습니다.

큰집에 가 있어,
빨리 가
빨리!

남편은

소리쳤고,

저녁상을 차려야 한다고
갈 수 없다고 하자
강제로 마당으로 끌어내
가라고 했습니다.
난 큰집으로 도망가는데
시어머니가 들어왔습니다.

나는 큰집에 숨었고
남편은 시부모와 크게
싸웠다 했습니다.

사람을 저렇게 두들겨 패면
동네사람들이 뭐라고 그러겠습니까
부모 노릇 하려면 옳게 해야지
일가친척 하나 없는데
더 잘해줘야지.

이 집도 잘되고 그러려면
잘해줘야지.

이러며
부모님과 싸웠다,
했습니다.

시어머니는
욕을 하며
아버지에게 달려든다고
남편을
때렸다고 했습니다.

26.

그렇게 나한테 잘해주고
착하던 남편과
이별,
영영 이별
생이별을
하였습니다.

가을도 안 된

칠 월에 군대 갔습니다.

중국 공산당과 대만이 싸울 때
군대에 갔습니다.

아이 생각이
납니다.

몇 개월 살지 못하고
하늘나라로 간,
내 첫째 딸.

나 같은 엄마를 잘못 만나
저 세상으로 간
내 딸.

생각만 하면 가슴이
미어집니다.

낯선 중국 땅에서
유일한 즐거움으로

아이를 돌보았습니다.

사람들에게 물어보고
가르쳐주는 대로
아기를 키웠습니다.

시부모는 여전히 나를 무시했고
난 아기를 키우며
엄마 생각을 많이 했습니다.

엄마가
이렇게 나를 낳아
키웠구나.

새삼
엄마 생각에 아기에게
젖을 주면서도
울었습니다.

군대에서 남편은 아기가 보고 싶다고
편지를 보냈습니다.

시부모는 신랑이 보내오는
편지를 잘
보여주지 않았습니다.

난 편지를 찾아 읽었고
답장을 했습니다.

기도했습니다.
빨리 전쟁이 끝나
남편이 돌아오기를.

어느 날
아기가 열이 펄펄 끓어 올랐습니다.

시부모에게 돈 좀 달라고
병원에 데려가겠다고 했지만
돈을 주지 않았습니다.

우리 아가,
주사 한 대만 맞았어도

안 죽었을 텐데.

나는 밥도 하지 않았습니다.
밥이 목구멍으로 넘어가겠습니까
시부모도 굶어야 한다고
생각했습니다.

돈을 벌어야겠다고
생각했습니다.

돈이 없으면 아기처럼
나도 언제든 죽을 수밖에 없겠구나
싶었습니다.

돈이 있어야
엄마 노릇 제대로 할 수
있겠구나 싶었습니다.

동네 이장이
니가 이 집에 있으면 죽겠구나
신도 없이 맨발로 다니고

걱정해주었습니다.

남편은 전쟁터에서
죽었고,

나 또한
살고 싶지 않은
나날이었습니다.

아기 죽고
남편도 죽었는데
살아서 뭐하나
죽을 결심만 했습니다.

27.

어느 날
이장이 나를 살짝 불러내
취직을 시켜주겠다고 했습니다.
친척이 하는 작은 병원이었습니다.

나는 그 길로
집을 뛰쳐나왔습니다.

지옥 같은 그 집을
뛰쳐나와
병원으로 갔습니다.

위안소 있을 때 군의관이 하던 걸 생각해내서
몇 번 연습 후
주사를 직접 놓았습니다.
눈썰미가 있는 나는
금방 병원일에 익숙해졌습니다.

몇 개월 지나
군에 자원했습니다.

전쟁 중이라
큰 병원에 간호사들이 모자란다고 하여
큰 병원으로 갔습니다.

간호사가 되었습니다.

전쟁 중이라
간호사가 많이 부족해
전쟁터를 뛰어다녔습니다.

총알이 여기저기로 막 날아오고
무서워
벌벌 떨었습니다.

부상병들을 정성껏
치료했습니다.

28

몇 년 후 제대하고
일반 병원에서 근무하니
폭격 위험이 없어
좋았습니다.

큰 병원에서 안과에 있었습니다.
또 치과로 옮기기도 했습니다.

의사들이 바쁠 땐 내가
환자를 치료했습니다.

전쟁 직 후라
의료체계가 제대로 작동하지
않은 때였습니다.

의사도 모자라고
간호사도 모자라는 때였습니다.

내가 눈썰미가 있어서
이도 잘 뽑고
약도 발라주고
주사를 잘 놓았습니다.
의사들은 모두 나를 좋아했고
나는 돈을 버는 재미로
일했습니다.

돈이 모이면
고향에 간다.

엄마도 보고
아버지도 보고
오빠 언니들도 본다는
벅찬 생각에 열심히 일했습니다.

아버지에게
송아지 몇 마리 사줘야지.

오빠들에게도
송아지 사줘야지
그런 생각만 하면 힘이
솟았습니다.

돈을 버는 내 자신이
대견스러웠습니다.

그러다 갓 졸업한 의사가
환자의 아픈 이를 뽑았는데 알고보니
안 아픈 이였습니다.

환자는 노발대발했고
평소에 친하게 지내던 환자를
내가 달래고 빌고 사과해서
무마했습니다.

29.

그 병원에서
약방에 있는 여자의 소개로
두 번째 남편을 만났습니다.

그 사람도 부모가 없어
남의 집에서 컸다고 했습니다.

참 잘 생긴 얼굴이었습니다.
치아도 가지런하고
활짝 웃으면 모든 사람들이
잘 생겼다고 칭찬했습니다.

근데,
잘 생긴 값을 하더군요

미친놈,
미친놈이라고
사람들이 수군거렸습니다.

돈을 벌어도 집에는
안 가져왔습니다.

친구들과 술 처먹고
놀러 다니고
뭐 이런 남자가
다 있나 싶었습니다.

술만 마시면
친구들만 좋다고 밖에서만
나돌아댕기고,

여자를 얻었으면 나보다 더
나은 여자를 구했으면
속이라도 덜 상했을 텐데.

키도 작고
얼굴도 새카만하고
그런 걸 얻어서
남보기 창피하게 돌아다녔습니다.

그때 딸 아들 셋이
있었습니다.

말했습니다.
여자 보는 건 괜찮은데
돈이나 주고 가서 놀아라
거기 가서 살아라,
나는 애들 공부시켜야 하기 때문에
돈이 필요하다,
돈만 주고 그 여자한테 가서 살아라.

사실
전 남자에게 관심
없었습니다.

오히려

지긋지긋하지요.

잠자리할 때면
나를 짓이겨던 황군들이 되살아나
몸이 굳었습니다.

남편은 거기서 자고
새벽 다섯 시쯤 집으로 왔습니다.

그러다가
그 여자가 아이를 낳았습니다.
내가 아들을 낳은
그 해에,

남편은 한 해에 자식을
둘이나 얻은 겁니다.

나중엔,
이혼해 달라고 했습니다.
그 여자와
살겠다는 것이겠지요.

남편과 헤어지는 건
오히려 속이 후련한 일이지만
애들 셋을 키우는 게 걱정이었습니다.

남편 없이 애들 셋을 키운다는 게
돈도 많이 들고
또
혼자라는 게 무섭기도
했습니다.

하지만,
돈도 안 갖다 주고
다른 여자의 집에서 자고
새벽에 들어오는 남자를
남편으로 인정할 수 없었습니다.

30.

이혼을
하고나니

앓던 이가 빠진 듯
시원했습니다.

혼자인 게
편안했습니다.

아이들이
아비 없는 아이들이
걱정되기는 했습니다만

이 세상에 못 믿을 게
남자인가요.

아님
내가 남자 복이 없는 건가요.

위안소에서 그렇게
남자들에게 시달렸는데

결혼하고 나서도 남자에게
시달려야 하다니요.

엄마가
보고 싶습니다.

열두 남매를,
네 명 죽고 여덟 남매를 키운
엄마가
대단해 보였습니다.

엄마가 내 모습을 보면
얼마나 속상할까
열심히 살았습니다.

돈을 모아서
아이들을 반듯하게 키워서
엄마에게 보여주고
싶었습니다.

엄마도
얼마나 기뻐할까요.

죽은 줄 알았던 딸이
자식을 셋이나 반듯하게 키워 나타나면
얼마나 자랑스러워 할까요.

먹고 싶은 거 안 먹고
옷도 안 사 입고
열심히
살았습니다.

아기를 업고
둘은 손 잡고
다녔습니다.

그 얼음판에 미끄러져 가면서
병원에 다녔습니다.
차에 겨우 몸을 실어가며
출퇴근했습니다.

다른 사람보다
일찍 일어나야 했습니다.
다른 사람은 다섯 시 반에 도착하면

나는 다섯 시에 도착해야 했습니다.

아기 젖도 먹여야 하고
그래서 아기를 업고
둘을 데리고 출근했습니다.

다른 간호사들이
아이들을 잘 돌보아주었습니다.
여자의 마음은
여자가 알아주는지요.
간호사들이 너무너무
고마웠습니다.

큰딸이 커서
나는 병원을 나오고 대신
딸을 병원에 넣었습니다.

난
아프다면서
일을 못한다고 거짓말하면서
딸을 취직시켰습니다.

여자도 돈을 벌어야
남자에게 큰소리칠 수 있다는 걸
깨달았기 때문입니다.

돈을 벌어야
좋은 남자를 만날 수
있기 때문입니다.

내가 있었으면
경력이 많아 돈을 많이 탈 수 있었을 텐데
딸은 신출이라 얼마 받지 못해
속상하기도 했습니다.

31.

많은 소녀들이 해방되고
조국으로 돌아왔습니다.

하지만,
소녀들은 침묵했습니다.

어떤 이들은 그럽니다.
왜 이제야 일본에게
배상을 요구하느냐고
해방되고 50여 년 동안
말도 안 하고
무얼했느냐고

이 땅의 남자들이여
잔인하게 굴지 말라.

이 땅의 여자들이여
업신여기지 말라.

위안소 생활하다 귀국했어도
고향에 돌아 간 사람은
많지 않으니

또다른
고문이었습니다.

가족에게 돌아가지 못하고
단절된 삶을 살아야 했던
소녀들입니다.

고향에 돌아갔더라도
위안소 생활했다고 말할 수
없었습니다.

정절이 여자의 목숨보다 더
소중히 여기는 세상에서
가문의 망신이요
가족의 망신이요
부모의 망신이기
때문입니다.

고향에 돌아간
소녀들은
1990년대 초 신고를 받을 때
신고하지 말라고
소문날까 두렵다고
가족으로부터

협박을 받았습니다.

생존조차 어려운 당시에
먹고사는 것이
당장 문제인데
위안부 문제를 고민할
틈도 없었다고 합니다.

32.

소녀들은 그렇게,
조국이 해방되고 귀국해서도
어려운 생활을 할 수밖에
없었습니다.

자궁이 썩어서
수술을 하여 겨우 목숨을 건진
소녀.

내 위안부 얘기 아무도
몰라요

그렇게 창피한 게
어딨노.

간혹가다 어떨 때는
이렇게 사람을 보면
든든해야 하는데
사람이,
무서워
괜히 그래
내 숭을
보는 거 같으니까.

사람이 젤
무섭더만요.

조그만 소리에도
놀라요.
훔쳐갈 것은 나밖에
없는데도
항상
문을 잠궈 놓아요

사람이 제일
무서워요.

고통은 이루
말할 수 없지
약을,
후딱 먹고
싶다.

죽고
싶어,
죽고
싶어.

시방
그 생각도 들어
결혼하고
싶다고
여자는 일생
한 번뿐인데.

평생을 시집 한 번
못가보고 이렇게
사는데
돈으로
보상이
되겠어?
응?

아가씨들을 보면,
그렇게 예식장에서 하는 거
보면 눈물이 나.
그게
원해서
그렇게 본께 부러워서
그거을 못하고.
나
처녀 몸이며,
늙은 처녀 시집 못간
그게
원통혀서
그게 후회돼서

그렇지.

어떤 병원의 무료 수술과 보살핌으로
겨우 살아난 소녀.
원장과 간호사는 소녀가 말을 안 해도
이미 위안부라는 걸
알고 있었다
했습니다.
젊은 소녀가 이런 몹쓸 병을 가진 것은
위안소 생활이 아니면 불가능
했기 때문입니다.

순결,
순결 이데올로기에
소녀들은 주위에 침묵할 수밖에
없었습니다.
위안부라는 낙인은
여성의 삶에
치명적이었습니다.

어떤 여자는 자신을

나병환자 보듯 했다고
소녀는 허탈하게
말했습니다.

또한
일본에게 피해를 당했음에도
혹시나 일본을 도왔다는
친일로 몰릴까봐
말을 못했다는
소녀들도 있었습니다.

일본에게 큰 피해를 당했는데
이것이 강간인지
매춘인지 구분도 되지 않고
또한 당한 것을
말로 잘 표현할 줄 몰라
침묵을 지킨 소녀들도
많았습니다.

1990년 국가에서 신고를 받을 때
가난한 생활 때문에

더러운 목숨을 이어가고자
신고한 소녀들이 많았습니다.
신고하면 매달 주는 지원금 때문이었습니다.

딸은 신고 못 하게 했지만
전셋집 주인이 어떻게 알고
신고해주었다 했습니다.

산속에 혼자 살다
이를 수상히 여긴 복지과 직원의 설득으로
신고한 경우도 있었습니다.

그러니까,
소녀들은 사회가 두려워
순결을 중요시하는 사회가 두려워
침묵했던 것입니다.

그러면서
잊으려고
노력했습니다.

위안부였다는 것을 감추고
'정상적' 여자로 살고 싶었습니다.
결혼하고 애 낳고 살기를
바랬습니다.

그것도 맘대로 안되어
포기하고 속으로
삭여야 했습니다.

그러다,
여러 사람들의 노력으로
다시,
기억하고 증언하게
되었습니다.

33.

소녀들은
가슴 속에 상처가
덜 여문 채로
단단히 박혀 있었습니다.

성에 대한 피해의식
보상에 대한
심리도 강했습니다.

대인공포증
정신불안
수치심
죄책감
분노
원망
자기 비하
체념
우울
외로움

소녀들의 가슴 속에
단단히 박힌
상처들이었습니다.

군위안부 시절에도
남자

특히 군인들을 보면 두려웠고
가슴이 두근거렸는데
지금도,
해방되고 나서도
고향에 왔어도
남자만 보면
가슴이
쿵닥쿵닥
뜁니다.

당시의 경험을
기억하지 않으려 애쓰지만
그런 경험이 떠오르게 하는
남자들을 보면
화들짝 놀라 먼저 피했고.

'정상적'으로 결혼하고 싶지만
양심,
이 있지
더러운 내 몸으로
언감생심.

잠을 이루지 못해
수시로
깜짝깜짝
놀라고

해방되고
고향에 와도
이제
할머니가 되었어도
이런 증상들이
안 없어진다고
담배는 늘고
술을 많이 마셔야
겨우
잠들 수 있다고
할머니가 된 소녀는
울음섞인 한숨을
내쉬었습니다.

남자 기피증의 소녀는

시집을 안 갔습니다.
남자가 징그럽고 쳐다보기도
싫어서입니다.
남자라면 몇 발자국 떨어져도
냄새가 난다고.

사정을 모르는 동네 여자는
노인정에 나오라고 하면서
이렇게 외롭게 혼자
고독하게 사시면,
냉장고 물도 한 컵 못 내다 먹을
정도면 의지할 데가
있어야 한다고

좋은 영감,
있다는 말에
할머니가 된 소녀는
욕을 했답니다.
내가 일평생 족두리 한번 못 쓰고
보낸 나한테
그런 말을 할 수 있느냐고.

술과
담배로
달랬습니다.

이렇게 단단하게
박힌 상처는
많은 사람들과 부딪히는 직장은 못 나가고
누군가 자기의 과거를 알아볼까 봐
자꾸 고향에서 멀리 떨어지고
직장을 자꾸
바꿀 수밖에 없어 더욱,
곤궁한 생활에 빠졌습니다.

위안소 있을 땐
고향이 사무치게 그리웠지만
해방 되고 조국에 돌아와 살면서
왜 그때 죽지 않았나
후회만 되었다고 했습니다.

이렇게 미친 년처럼
떠돌며 사는 게

사는 목숨인지

한번 과거를 얘기하고 나면
그때 일이 떠올라
담배는 더 너무 피우게 되고
밥이 목구멍으로 넘어가지 않았답니다.

그때 생각이 날 때마다
담배를 더 피우고
술을 많이 마셔야
겨우 잠들 수 있었다고 했습니다.

신경안정제 30알만 먹으면
자면서 죽을 수 있다는데
50알을 모았다는
소녀는 시퍼렇게 울면서 속으로
상처를 쓰다듬었습니다.

그때 하도 맞아서
이가 다 빠져 다시 해 넣은 소녀는
할머니가 된 지금도

진통제에 의지해
살고 있습니다.

한국전쟁 때 주위의 소개로 결혼한
소녀는
4년동안이나 아기를 낳지 못해
스스로 집을 나왔습니다.

애를 가지기 위해
좋다는 보약은 다 먹었어도 결국
애를 가지지 못했다며

서울대병원에서 진단을 받으니
자궁이 굳어서 수술까지 했지만
소녀는 애를 낳지 못했습니다.

남편에게 미안해 다른 참한 여자를
남편에게 소개해주고
집을,
피 같은 눈물을 흘리며
나왔습니다.

고향에 돌아와 중매로
만석꾼의 후처로 들어간 소녀는
남의 집에 가서 애기를 낳아줘야
대우를 받는데
임신불능이라는 진단을 받고
스스로 집을 나왔습니다.

위안소에 있을 때
배가 아프고
어째 몸이 고단하고
밥도 못 먹고
그랬답니다.

어느 병원에 가서
진찰해 보더니
임신이라고,
배를 이렇게 갈랐습니다.
이렇게,
배를 갈라서 아기를
ㄲ집어냈습니다.

지금 생각하면 그때,
그놈들이 잘못한 거
같았습니다.
애기라고 긁어내고
배째고,
그러니 아기를 가질 수
있었겠어요.?

34.

할머니가 된
소녀들은
가난했습니다.

가난해서 끌려갔고
갔다 와서도
가난했습니다.

식모살이
식당일

품팔이
술집 등을
전전했습니다.

제일 두려운
것은
사람을 상대하는
일.

어느 소녀는
집에 있기가 너무
괴로워서 못 있고
전라도 목포에 갔는데
거기서,
놀랍게도,
조선인 군속을
만났습니다.

스무 살
때였습니다.

거기서 자기를
알아볼까 봐 창피하고
피하느라 혼났다고 했습니다.

딴 사람한테 소개를 받아
바에 갔는데,
그런데 그 바에 있는 여자들이
이야기를 하는데,
중국에 끌려가서
일본놈 상대하던 년들이
해방되고
여기로 확 퍼졌다고,

근데,
그것이 꼭 자기한테 얘기하는 거
같아
행여,
자기한테 그런 말을
할까 싶어
자다가 꿈에서도 그런 말을
할까 싶어

불안해서 도저히 있지
못하겠어.

그래서 목포서 나와뿌렸어
광주에 갔지.

서너 달 있다가
그런데 있어도 사람 많은 데 가면
그 생각만 나는 거야.
노이로제,
그거 걸린 거야.

자꾸 돈도 못 벌리고
겁에 딱 질려서
어떤 사람은 술 마시고
너 어디서 많이 봤다
이러면 기가 질려서
기운이
하나도 없는 거야.

그러면

거기서 또
빠져나와

전주를
갔더랬습니다.

거긴 기생집이라
높은 사람들만 오는데
경찰서장 무슨 소장
계급 높은 사람들 보면
가슴이 벌렁거렸습니다.

사람 받는 일은 도저히
못했습니다.
일본사람들 다 갔는데도
술 마시러 올 거 같고
조선 군속들 올 거 같고
어디 있을 데도 없어 다시
집으로 갔습니다.

어떤 소녀는 고향에 온 지

얼마 안 되어 과거가 탄로 났고
양반 집안에 너 같은 아이가
있을 수 없다며
외숙모가 야단을 쳤습니다.

이후
일가친척들에게
인간취급을
받지 못했다고 했습니다.

서럽고
서러워서 울기도 많이 했지만
집을 나가면
굶어죽을 거 같아
시체처럼
집에 가만히
있었습니다.

35.

해방되고도

고향에 오지 못한
소녀들이 많았습니다.

해방된 것을
알지 못했고
알더라도
떳떳하지
못한 몸이라
돌아올 수 없는 경우가
많았습니다.

그 상흔은
평생
가슴에 단단히
박혔습니다.

귀국 후 어머니에게 중국에서
식모살이했다고 소녀는
거짓말했습니다.

부모님이 결혼하라고 했지만

혼자 살겠다고,
어머니는 성화였으나
자신의 처지를 아는 소녀는
혼자 산다고 마비된 혀로
했습니다.

내가 어찌 결혼할 수
있겠습니까
위안부였는데,
그렇게 생각했습니다.

어머니께는 차마
솔직히 말씀드릴 수가 없었습니다.

공부도 하고
공장에도
있었다고 했습니다.

하지만,
마음이 괴로워 더 이상
집에 있을 수 없어

뛰쳐나왔습니다.
집에 온 지
1년 만이었습니다.

순결,
죽음보다 더
무서운 말이란 걸
고향에 오고 나서야
깨달았습니다.

평생 짊어지고 살아야 할
그을린 삶,

정숙한 여인은
순결한 여성이라는데.

난,
난 더러운가요?

혼전에
남자와 관계를 갖는 것은

정숙한 여인이 아니라
죄인이라는 걸
가슴속에서
회오리바람이 불었습니다.

내가 그렇게 한 게
내가 좋아서 한 것도 아닌데,
소녀는 뻥 뚫린 가슴을
부여안았습니다.

강제로 그렇게 한 건데
왜
내가 창피하게 느껴지고
죄스런 마음이 드는 건지.

당연하다고요?

옛날 황군에게
위안부 생활을 하고
몸을 내줬다는 게,
그게 강제였더라도

그게 성관계가 아니었더라도
어쨌든,
난 처녀가 아니고
깨진 몸인 것이고.

36.

모든 소녀들은
시집을 간다고 해도
양심의 가책을 느낀다고 소녀는
피울음 섞인 한숨을
내쉬었습니다.

어느 소녀는
어머니께서
나는 니라도 하나 있는데
너 시집은 가야 않겠니?
강요하는데
시집이고 뭐고 안 간다고,
나는 뻔히 아니까
'606' 호 주사를 맞아

애기 못 낳는다는 사실을
알기에
시집을 절대 안
간다고 말했습니다.

처녀 총각 만나서
얼굴 빨개져서 서로 결혼하는
꿈,
처녀 적 꿈이었는데

결국 결혼을 했는데
남편은 전쟁에 나가
죽었다고,
그후
평생 혼자 살았다고
담배 연기 길게
내뿜었습니다.

옛날에 걸린 성병 때문에
결혼을 포기하거나
쫓겨난 경우도 있었습니다.

해방 후 고향에 와서
성병 검사하고 다 치료를 한 후
아이가 하나 생겼습니다.
그 아이가 커서 시집을 갔는데
딸은 자궁 바깥에 임신이 돼
수술을 했는데
검진을 하니
병균이 나왔다고 합니다.
매독균이

사돈쪽에선
노발대발
고소한다고

결국
이혼당했습니다.

의사는 부모한테 물러받았을,
수도 있다고
윗대 조상한테 물러받을 수

있다고

어느 소녀는
아들 얘기를 했습니다.

아들이 돌았어요.
자신에게 있는 매독균
때문에 아들이 돌아서 병원 치료받고
있다고
삭정이가 된 한숨을
내쉬었습니다.

결혼할 때 어머니가
근로정신대 갔다 왔다고
위안소에는 안 갔다 왔다고
거짓말을 한
소녀는 말했습니다.

그런데,
임신을 했고
6-7개월 후

검사를 하니
아기는 죽었다고 했습니다.

꺼내 보니 고추 달린
사내아인데
얼굴부터 몸 반쪽이 이미
썩어 있더라고
그게 균 때문에 그렇다고

병 옮겼다고 남편은
오뉴월 개패듯 패고
자신은 울면서 보따리 들고
쫓겨났다고 했습니다.

위안부가 결혼했다는 소문을 듣고서
진저리를 쳤다는 어느 소녀는
남자를 일체 사귀지 않았습니다.

남자 생각만 해도
소름끼치는데
조카가 와서 자는 모습만

봐도 징그럽고
남자 냄새가 싫은데

시집가서 아이를 낳았다는
소문을 듣고는
정신이 확 돌 뻔했다는
소녀.

어떻게 남자와 살 수
있는지
도저히 이해가 안 되었다고
했습니다.

가장 큰 원망은
결혼도 못한 것이고
다음 생에 태어나면
예쁜 여자로 태어나
좋은 남자 만나 결혼 생활을
하는 게 소원입니다.

37.

사는 것은
의지하는 것인지 모릅니다.

의지할 가족이 있다는 것은
기죽지 않고
든든하게 사는 것인지
모릅니다.

제대로 시집가는 건
상상도 할 수 없었고
17년 연상의 할아버지를 만나
동거했는데
남자가 나이가 많으니
의처증에 사이가 좋지 않았습니다.

그래도
의지할 아들이 할아버지에게 있었으니
할아버지가 죽고 난 뒤
아들에게 의지하여
산다는 할머니가 된

소녀.

당당히 결혼할 수 없는 몸이라
자식 딸린 홀애비가 더 좋아
결혼하여 그 자식을
키우고 의지하며
옆 동네 시부모까지 봉양하며
살았다는
소녀.

여자는
남자의 그늘에 있어야
한다는 진리.

남편 없는 여자처럼
무시당하고
서러운
세상.

결혼했더라도
성적으로 도발적으로 보일까

두렵고
성적 욕구 감퇴
불감증의
소녀들.

남자를 거부하고
공포스러워도
여자 혼자 살 수 없는
세상
그 세상이 더 두려워
징그런 남자와 살게 되는
소녀들.

끔찍이 아껴주고
처년가 아닌가 따지지 않고
그렇게 살아도 불안한 마음
양심의 가책은 어쩔 수
없고

잠자리를 하면 또다시
위안소의 악몽이

불기둥이 되어
솟구치고

왜
결혼했나
어머니는 왜
나를 결혼시켰나
원망,
원망하는 마음.

사랑해서 결혼했다는
소녀는,
살수록 그때 악몽이 소록소록
되살아나
남자가 잠자리를 요구할 때가
가장 싫었다고.

그때 당하는 것처럼
자다가도 놀라
벌떡 일어나고
질겁을 하고

악을 쓰고
그러다,
남편이 두려워지고
불안하고
남편이 옆에 오기만 해도
정신을 못차리는
소녀.

결혼해서 좋은 거 하나도
없던 소녀는 공포증만
앓았다고 했습니다.

남자하고 자는 게 지옥인 결혼생활
마음 졸이고
불안하고
공포스러운 걸 말도 못하고

싫은데도 억지로 상대해줘야 하고
자신을 속이고
남편을 속이는 게
너무 죄를 짓는 것

같았습니다.

차라리
남편이 바람피운 게
얼마나 고마웠던지
잠자리를 피할 수 있다는
안도감에

성관계 불안으로 결혼을 하지 않았던
소녀는 60세가 되어
70세가 넘은 노인과 결혼했습니다.
나이가 많으니
잠자리를 요구하지 않으리라
생각했습니다.

하지만 잠자면서도 끌어안고
밖으로 못 나가게 하고
저리 비켜라 하면 의심하고

잠자면서도 자신이 도망갈까
옆에 칼을 두고 자는 남편

결혼할 엄두도 안 내다가
환갑 지나서 한 결혼이
이토록 후회될 줄이야.

시집갈 생각이 없었으나
어머니의 성화로 겨우 결혼했는데
궂은 날이면 온몸이 아파서
미치겠고
양심의 가책도 느껴서
제대로 살지를 못했습니다.

남편의 구박은 갈수록 심해져도
참을 수밖에 없었다던
소녀
죄를 많이 지어서
그랬다고 했습니다.

38.

소녀들이 군위안소로 끌려가며 속은 것은
가족 생계에 조금이나마

보탬이 되기 위한 마음에서
자신의 입 하나 덜기 위해서,
배고픔을 참을 수 없어서

또한,
비참한 생활을 하는 어머니의
모습을 부정하고
절대빈곤에서 벗어나고자
참을 수 없는 고통을 견디며
생존을 위협당하면서도
빈곤을 벗어나고자 했으나

해방되어
조국으로 돌아왔어도
상황은 변한 게
하나도
없었습니다.

식당 일
남의 일
안 한 게 없는데도

돈이 모일만 하면 어디가 아파
거기 갔다온 후로 몸이 너무 아파
돈은 돈대로 더 쓰고.

어느 소녀는
특히,
월경을 할 때면
이틀은 방안을 헤매고 다녀야 했습니다.
하도 아파 주사를 맞아야 했고
하혈을 했습니다.

한약방에도 가고
산부인과도 갔습니다.
자궁내막염
나팔관 이상이라고 했습니다.

이것만 안 아프고 나으면
발가벗고
춤이라도 출 것
같았다는 소녀.

남편은 같이 살아도
일 년씩은 나갔다
생각나면 들어오고
내가 별 것 다하며
먹고 살고
애 아버진 그냥 살지
돈도 안 갖다 줘도

소녀는
남편에게 한 푼도
생활비를 받은 적이 없다고
했습니다.

굴비 장사할 때도 어지러워
들고가지를 못하면
둘째 딸에게 저걸 어디다
갖다 달라고 해서 팔았는데
근데 남편이 집에 와서 물건이
있으며 안 팔았다고 개지랄하고
돈도 한 푼도 안 갖다 주면서
아직도 내 돈 노려.

다 내 죄값이어
내가 받아야 할
죄값이라고,
소녀는 허망한 표정을
지었습니다.

누굴 탓해
다 죄많은 내 탓이지
그런 날 지금까지 데리고 살았잖아.
알 거 아냐
내가 처녀 아닌 거
내가 다른 여자처럼 얌전히 있다가
결혼했으면 남편이 벌어다 주는
돈으로 호강하며 살겠지만,
사람들 손가락질하는 첩 살림하면서
마누라한테 하듯 해달라고
할 수 없잖어.

이제,
할머니가 된 소녀는

담배연기를 연신
내뿜었습니다.

결혼을 한 지 얼마 안 되어
징용 갔던 고향 사람이 그냥,
악의 없이 한 말 중에 소녀가
위안부였다는 사실이 밝혀져
쫓겨났습니다.

남편과 시댁으로부터 쫓겨난 후
임신한 사실을 알았고
겨우겨우 아들을 낳아
키우고 있는데

전 남편이 이 사실을 알고
아들을 빼앗아갔습니다.

그후,
나이 많은 남자의 후처로
들어가게 되었는데
거기서도 위안부였다는 사실이

탄로나, 임신한 채로
쫓겨나고 말았습니다.

더러워진 몸이라
남자들이 아는 순간
소녀를 쫓아낸
것입니다.

해방 후
귀국해서도 남편하고
한번 신나게 살아보지 못하고
이렇게 짓밟히고
내가 옳게 인생을 살아보지
못한 게, 지금도 제일
분하다고 했습니다.

자식도 자식같이
한번 못 낳아보고
남편도 남편같이 한번만이라도
못 살아보고,

이 세상을 내가 짓밟히고
살아온 걸 생각하면
분해,
분해서 못 살겠습니다.

지금도 부르르 떨리고
그 말 나오면 속이 떨리고
옛날에 남편이 그래가지고
나를 내쫓고
그 동네에 가면 소문이
남아 있으니
사람들이 지금도
꺼린다는 창백한 소녀.

39.

엄마

이제 엄마가 된
소녀들이
편견과 차별로

또다른 지옥에서
살고 있습니다.

고향이
지옥으로 변했습니다.

엄마의 딸,
아버지의 딸.

하지만,
이제

한
여자이고 싶습니다.

저는
여자입니다.

저는 한
인간입니다.

가난한 소녀로 끌려가
인간도 아닌 짐승으로 살다가
인간으로 인정받지 못하는
세상으로 돌아왔습니다.

여자가 아닌
인간이고 싶습니다.
인간으로
대접받고 싶습니다.

5부

중언하리라, 기억하리라

40.

설날 때하고
추석 때
눈물을 많이
흘렸어.

비단장사가 오면
노랑저고리에 새빨간
끝에다가 새빨간 것으로
소매 저고리 새것
만들어주신
엄마 생각에 많이
울었어.

팔팔 년도에
고국에 왔지
홍콩으로 해서 왔어.

적십자사에서 오라해서
이산가족처럼 그래서

떨리는 고국에 왔어.

외조카가 서울에 있어
조카가 마중 나왔어.

부모님도 다 돌아가시고
오빠 언니들도 다
돌아가셨다 하고
공항에서 막,
울었어.
대성통곡했지.

여기 왔는데도 중국사람이라고
가라 해서,
갔어
서운했지
가슴이
아팠어.

그래서,
흙을 가지고 갔어

한국흙을 미고 다녔어.

다음에 한국에 왔을 때
소학교 동창이 여기까지 왔는데
알리는 것이 좋겠다, 하는데
이제 무슨 다 늙었는데
알리는 것도 괜찮고
내가 시집을 가겠나 뭐를 가겠나,
했어.

증언을 한다니까
방송국에도 뽑혀 가고
신문사에서도 나왔어.

종군이라고 하면
안 돼요.
종군위안부라고 하면 틀리는 거야
나는 말했어.
위안부라고 해야지
종군위안부라고 하면 돈 벌러
간 사람들이야.

우리는 강제로 막
끌려간 사람들이야
막 강제로 끌려간 사람들은
위안부란
말이야.

내가 힘이 있는 대로 해 가지고
이 문제를 우리가 살았을 때
올바로 해결하고
죽었으면 죽었지.

우리가 고생해서 불꾸뎅에꺼정
나는 갔다온 사람이
내 후손들 절대 이렇게 되면
안 돼.

내가 말은 할 줄은 모르지만
한 마디 두 마디래도 이런
겪은 말을 한단 말이야.

우리나라 정부는 왜

이렇게 하는지 몰라.

41.

1988년도에 나눔의 집 도움으로
우리나라에 왔다가
1998년도에 다시 우리나라에 와
국적을 회복하려고 했지.

2000년도가 되어서야
영구 귀국하고
국적도 회복했어.

왜 이리 어려운지
시간이 많이 걸리는지.

내가 위안부라서 그래?
더러운 몸이라서 그래?
지켜주지 못한 남자들이
이제와서
나를 더럽다고 해?

나를 한 인간으로
안 보고
순결을 잃은 몸뚱아리로만
나를 보는 거야?

난
인간이야.

여자 이전에
인간이야.

인간으로
대우받고
싶다고.

42.

증언할 거야
평생.

여기저기
지구끝까지 가서
내가 당한 거
다
얘기할 거야.

미국도 갔다왔어
뉴욕이야
유대인들이 당한
홀로코스트 센터도
갔다왔어.

일본놈들의 만행을 다 얘기하고
사죄하라고 했어.

위안부 기림비에도
참배했어.

같이 있던
불에 산 채로 타 죽은
소녀들이 생각나

눈물이 났어
피눈물이 났어.

미국 조지아주에 세워지는
소녀상 제막 전야제에도 갔었어.

소녀상을 세워
내가 겪은 비극을
후세들이 겪지 않아야 한다고
피눈물로
얘기했어.

일본에도 갔었어
이옥선 할머니랑 갔는데
겪었던 거 다 얘기했어.

우리는 당한 대로 솔직히 다 말하는데
거짓말이라고 하는 거야.
아베는 뭐하는 거야.
아베가 무릎 꿇고 사죄해.
폐허가 된 가슴으로

말했어.

중국에도 갔었어.
상해사범대학에서 내가 겪은 거
다
말했어.

사죄는커녕 반성조차 하지 않는 야만인
일본,
그 미천한 것들이 다시는 막말 못 하고
다시는 이런 일 못 하게
찢어진 가슴으로
말했어.

앞으로도 계속
말할 거야.

죽어서도
말할 거야.

사죄않는

전쟁광 일본 왕의 충견들에게
계속 말할 거야.

일본 왕의 야욕으로
수천만 명의 사람들이
고통 받았는데
독일처럼 사죄하고 반성조차 않는
일본 왕의 충견들의 미치광이를
전세계
방방곡곡
다
얘기할
거야,

죽어서라도.

43.

우리는 돈
받은 적 없었습니다.

대가를 받은 적도
없었습니다.

군표는 관리인이 보관했고
받았다 할지라도
갇혀있는 몸이라 쓸 수도
없었습니다.

다시 한번
여자로 태어나고 싶습니다.
지금처럼 좋은 세상에서
좋은 부모 밑에서
공부를 많이 해서
좋은 남자에게 시집 가
자식도 낳고 싶습니다.

그런 생각에
한밤중에 눈이 떠져서는
도대체 왜 내가 혼자 살아야
하나
누가 나를

이 지경으로 만들었는가
어쩌다 우리나라는 빼앗겨버렸는가
하는 생각에 잠이 오지 않는다던
할머니가 된 소녀.

걷기도 힘든 몸을 이끌고
증언을 하는 것은

일본 정부를 고발하고
국가로서의 책임을 묻기 위함이요
국가차원에서 공식적으로
사죄와 책임을 인정하는데
있습니다.

일본인뿐만 아니라
조선인 높은 사람들도 나쁩니다.
자기 출세하고자 소녀 소년들을,
죽을 곳에 넣었으니

할머니들의 피눈물 나는 목소리를
기억해야

합니다.

성노예제도를 만들어 운용한
일본제국은 처벌을 받아 마땅한
중대 범죄이며
국제연합과 세계노동기구에서도
그리고,
세계적으로도
성노예 제도를 중대범죄로
평가하고 있습니다.

1995년 일본정부는
소녀들의 절규를 외면하지 못하고
국가가 배상하지 않는 대신
국민기금을 발족시켜 모금
일시불로 준다고 발표하였습니다.

하지만,
소녀들은 돈 몇 푼 던져주고
책임을 면하려는 일왕의 충견들 속셈을
뻔히 알고

일언지하에 거절,
하였습니다.

국가가 인정한 배상이 아니었기에
물질적 배상을 요구하지만
더 큰 요구는
일본정부의 책임 인정이었습니다.

배상운동은
아시아·태평양전쟁 희생 유족회가
도쿄지방재판소에 1991년 재소한
피해 청구 소송에
정신대 피해자들이 참여하는 한편
정대협이 소녀들과 함께 일본 정부 상대로
압박을 가하는
민간운동에서 시작되었습니다.

1992년 방한한 이야자와 수상은
피해를 당한 분들에 대해
충심으로 사과와 반성의 뜻을 표하면서
다시는 그와 같은 과오를 거듭하지

않을 것이라며
일제 군부가 위안부 문제에 관여했음을
인정하고 사과했습니다.

하지만,
범죄성과
법적인 책임은
인정하지 않았습니다.

소녀들이 요구하는
배상은,
일본 정부는
'종군위안부' 범죄 사실을 인정할 것.
'종군위안부' 범죄사실에 대한 전모를 스스로 공개할 것
범죄사실에 사죄할 것.
희생자들을 위하여 추모비를 건립할 것.
희생자와 유족들을 위하여 배상할 것.
다시는 이런 일이 일어나지 않도록 역사교과서에 기록하고 가
르칠 것.

이제 할머니가 된

소녀들은
이 요구를 받아내기 위하여
증언하고
기억하고

죽어서도
증언하고
기억할 것입니다.

아직 전쟁은 끝나지 않았다,
일제에 의해 만신창이가 된 몸이지만
나 한 몸 역사에 남기고 죽겠다,

소녀들의 외침.

더 이상 이런 시위를 하지 않아도 되는
날이 빨리 왔으면 좋겠습니다.
수모를 받으면서까지 우리가
직접 나서서 이런 행동을 하는 것은
바로 당사자인 우리가 아니면
위안부 문제를 나서서 해결해 줄

사람이

아무도 없기 때문입니다.

힘없는 우리들이 나서서 국가의 권리와

자존심을 배상받기 위해 노력하는데

정부와

젊은 사람들의 관심이 너무

적어 외롭고

힘들며

가슴이 아픕니다.

소녀들은

오늘도 이렇게

그을린 목소리로

호소하고 있습니다.

결(結)

나는 반지를
네 개나 끼었습니다.

꽃다운 나이
한창 때,
멋 부리고 그럴 나이에
끌려가
단 한번도 멋부릴 수
없었기에
한이 맺혀서
이렇게 예쁜 반지를
네 개나 끼고
살고 있습니다.

이쁩니까?

이쁘게
살고 싶습니다.

다시
태어난다면
이쁜 옷도
많이
입고

멋도
맘껏
부리고

그렇게
살고
싶어요.

돌아가고
싶습니다.

꽃다운 나이
열여섯,
그때로 돌아가고
싶습니다,

돌아갈 수만
있다면.

참고 문헌

『역사를 만드는 이야기 (일본군 위안부 증언집 6)』 (전쟁과 여성인권센터 연구팀. 여성과인권)

『Remember Her 일본군 성노예제 피해자. 4: 강일출 』(권주리애. 북코리아)

『강제로 끌려간 조선인 군위안부들 1』 (한국정신대문제대책협의회, 한국정신대연구회. 한울)

『강제로 끌려간 조선인 군위안부들 2』 (한국정신대문제대책위원회, 한국정신대연구회. 한울)

『강제로 끌려간 조선인 군위안부들 3』 (한국정신대문제대책위원회, 한국정신대연구회. 한울)

『강제로 끌려간 조선인 군위안부들 4- 기억으로 다시 쓰는 역사』 (한국정신대문제대책협의회 2000년 일본군 성노예 전범 여성국제법정 한국위원회 증언팀. 풀빛)

『강제로 끌려간 조선인 군위안부들 5』 (한국정신대연구소. 풀빛)

『역사를 만드는 이야기 (일본군 위안부 증언집 6)』 (전쟁과 여성인권센터 연구팀. 여성과인권)

『Remember Her 일본군 성노예제 피해자. 4: 강일출 』(권주리애. 북코리아)

『풀 : 살아 있는 역사, 일본군 '위안부' 피해 할머니의 증언』 (김금숙 만화. 보리)

『식민주의, 전쟁, 군 '위안부'』 (송연옥 등. 선인)

『일본군 위안부 문제의 진상』 (한국정신대문제대책협의회지음. 역사비평사)

『제국의 위안부』(박유하. 뿌리와이파리)

『제국의 위안부, 지식인을 말한다』 (박유하 지음. 뿌리와이파리)

<일제의 강제 동원령과 일본군 '위안부' 실태> (양수조. 석사학위논문)

<군위안부 경험에 관한 연구> (이상화. 이화여대 석사학위 논문)

<일본군 '위안부' 의 생활 실태> (윤정옥)

<위안부 문제의 연극적 재현> (최영주)

<침묵에서 증언으로> (심영희)

<일본군 '위안부' 경험과 기억> (김명혜)

<쉼터생활을 중심으로 본 일본군 '위안부' 삶에 관한 사례연구>(손영미. 조원일)

<해방 후 중국 上海지역 일본군 '위안부' 의 집단수용과 귀환>(황선익)

<위안부= '소녀' 상과 젠더> (최은주)

<일본군 위안부 담론의 가부장성을 넘어서는 방법> (김주희)

<일본군 '위안부' 재현과 진정성의 곤경> (허윤)

<일본군 '위안부'의 귀환 :중간보고>(방선주)

<증언으로서의 무대>(임인자)

<증언을 통해 본 한국인 '군위안부' 들의 포스트식민의 상흔 (Trauma)>(양현아)

<트라우마의 재현과 구술사:군위안부 증언의 아포리아)(김수진)

<한국전쟁기 성매매 정책에 관한 연구: '위안소' 와 '위안부' 를 중심으로>(박정미)

<한국현대소설에 나타난 일본군 '위안부' 서사 연구>(김소륜)

<일본군 '위안부', 어떻게 기억하고 현재화할 것인가>(이해경)